希望和失望都流淌在同一條河裡

時間的答案

ANSWER TO TIME

Hope And Disappoitment
Are Flowing In The Same River.

盧思浩

獻給一邊成長一邊失去，
面臨人生選擇的我們

希望和失望都流淌在同一條河裡

時間的答案

ANSWER TO TIME

Hope And Disappoitment
Are Flowing In The Same River.

盧思浩

獻給一邊成長一邊失去，
面臨人生選擇的我們

時間的　答案

時間的 答案

時間的　答案

時間的

答案

時間的　答案

時間的

　答案

時間的　答案

時間的

答案

假如過去的一切都沒有發生，我們就不會成為現在的自己。

序言

　　成長是學著接受,一個人向前進的同時也是失去的過程。分道揚鑣帶來的孤獨,世事無常帶來的挫折,生老病死帶來的無力感,都是我們漫長又短暫的人生裡必須經歷的一部分。但你會知曉自己的力量,即便是在人生的海裡遭遇一場大雨,你渾身濕透,也依然擁有前行的力量。我們每個人都是往事的倖存者,最終學會的,是如何與自己相處。

　　約莫是十年前,我從一位友人身上學到了這些。我清晰地記得那是一個雪後的冬天,整個城市顯得尤為安靜,大雪把城市染色,讓世界呈現出截然不同的模樣。我們一同並肩走著,接著便有了這段話。許多年後,我跟說這句話的人早已失去了聯繫──就像我生命中出現的其他人一樣,人們總會在某一個時刻轉身離開。

　　等到終於徹底理解這句話的今天,我已經快三十歲了。這是新一年的第一天,我正開車前往鄉下的老家,窗外的一切陌

生又熟悉。街道變得寬敞，居民樓也越蓋越高，街邊的一切都是熱鬧的模樣，彷彿只有我無法融入這樣的場景裡。電台播起了一首歌，居然是十年前最喜歡的那首歌。我宛若觸電一般想起了過往的所有事情，想起了曾經在生命中出現的人，可我又能把這首歌分享給誰呢？

　　人總得在經歷一些事情後才能明白一些道理，就像是等到你終於明白一句話的深意時，時間早已經向前一路飛奔，把你甩在了後頭。這讓我產生了錯位感，好像自己明明還是那個少年，可鏡子裡的自己已經不是少年時的臉了。

　　所以我只能盡我所能把還記得的故事都記錄下來。很多人跟我見的最後一面我都還記得，可從未想過那就是我們最後一次相見。回首望去，我們一路上彷彿都在失去，唯有生活無聲地繼續。

CHAPTER 08	蓄謀已久的告別	181
CHAPTER 09	孤海航行	207
CHAPTER 10	墜入泥沼	233
CHAPTER 11	北方以北	253
CHAPTER 12	落在海中的雨	273
後記		302

目錄
CONTENTS

CHAPTER 01　十九歲那年的夏天　025

CHAPTER 02　初次見面請多指教　043

CHAPTER 03　沒有時間的鐘　069

CHAPTER 04　在你的心上向外跳傘　087

CHAPTER 05　沒有樹的森林　105

CHAPTER 06　四散天涯　127

CHAPTER 07　沒有無緣無故的相遇　151

CHAPTER ——————————— 01

十九歲那年的夏天

對於別人而言很簡單的事，對我來說就很難。

比如在周遭世界裡找到屬於自己的位置這件事。

小時候身體不好，大部分時間都不得不在醫院度過，我唯一能看到的風景，不過是病床外的楊樹，再往外邊看就只剩下圍牆。記得好不容易出院回家的那天夜裡，我又發燒了，燒得迷迷糊糊，奶奶揹著我一路跑到醫院，我伏在她背後看著路燈，心想，原來每個路燈之間的距離都這麼遠，不知道什麼時候才能夠靠自己的力量走過去。醫院瀰漫著刺鼻的藥水味，穿著白大褂的醫生神色匆匆，彷彿多說一句話的時間都沒有。我住在一個多人病房裡，他們的對話離我太遙遠，又沒有兄弟姊妹陪伴，只好靠自言自語來消磨時間，那不是單純地自己隨便說些什麼，

而是一人分飾兩個角色，自己跟自己對話。

　　我日夜盼著可以正常上學，想要找到同齡人說說話，終於身體好了些，父親就帶著我搬到了市區。到班級時，所有人正聚在一起說話，看到我瞬間安靜下來，老師讓我介紹自己，我看著陌生的臉孔，準備好的話都不翼而飛，支支吾吾地什麼話都說不出來。事後回想起來，這是再糟糕不過的開場。

　　我們班是學校的重點班，第一次月考後老師發試卷，邊報著名字和分數邊說：「大家考得都不錯，但有些同學拖了後腿，希望這些同學能夠自覺，不要做害群之馬，影響我們班級的升學率。」他手裡還剩下三、四張試卷沒有發，其中就包括我的那份。他雖沒有明說，但我覺得自己就是他所說的那些人之一。我灰溜溜地領完試卷，頭很低地走回座位。下課時聽到同學們討論我，他們說話很小聲，但我還是聽到了：「那麼多班級不去，為什麼偏偏要轉來我們這兒？」都是諸如此類的話。哪怕是現在想到「害群之馬」這個詞，我還是禁不住感到恥辱。加上那時的我面色蒼白，身體瘦弱又笨手笨腳，連話都說不清楚，那之後我就成為了同學們取笑的對象。

　　他們認為我是一個從鄉下來的轉校生，成績差又沒什麼見識。最讓我難以接受的是，我意識到他們說的是對的，無從反駁。在他們下課可以自然聚在一起說話的時候，我只能呆呆地坐在座位上，不知道自己能和誰說話。

這期間唯一開心的事,是擁有了一款屬於自己的MP4,我很喜歡這個既可以放歌又可以放電影的機器,所有的音樂播放機都是這世上偉大的發明。現在回憶過往才發現,我好像從小就很喜歡音樂,它讓我的身邊不至於過分安靜,就像是有人通過音樂在對我說話一般。但嚴厲的父親不會給我買這樣的東西,在他眼裡這些玩意兒只會影響學習。我只好纏著偶爾來市區看我的奶奶偷偷買了一個,小心翼翼地不讓父親發現。

　　那時我想著總有一天能融入這個集體,能跟上他們的步調,能找到可以說上話的朋友。

　　我至今仍記得這個願望徹底破滅的那一天。

　　那天大家聚在一起聊起MP4的話題,我也按捺不住地拿出自己的MP4,跟大家說起自己平時聽的歌,這是我生活中唯一閃著光的東西。我沒有發現周圍突然安靜了下來,也沒有發現同學異樣的眼神,就這麼自顧自地說著,直到一個同學走到我身邊問我:「你的MP4能給我看看嗎?」我才發現身邊安靜得可怕。

　　看完後他一聲不吭地走回座位,身邊的人竊竊私語起來,我搞不清楚怎麼回事,糾結了一個下午。

　　到了晚上我才知道到底發生了什麼。

　　我正收拾著課本,準備找一首歌在回家的路上聽,聽到班

長喊我的名字讓我去一趟辦公室，那瞬間有些恍惚：一直以來我在班裡就如同一個透明人般存在，他們從沒有叫過我的名字。打開辦公室的門，就看到了父親，他一臉嚴肅地跟老師正說些什麼，我下意識地藏起耳機，剛想問他怎麼會來。

突然「啪」的一聲，一個巴掌落到臉上，這巴掌把老師都震懾住了，我只聽到父親不由分說地說：「你還學會偷同學的東西了？」

我根本不知道是怎麼回事：「我偷什麼了？」

「還說沒偷？」他看到了耳機，一把拉了出來，「這是什麼？」

他的臉上寫滿了憤怒，根本不等我開口，就生拉硬拽強迫我低頭向老師道歉。我怎麼也不肯過去，站在原地漲紅了臉。

又一個巴掌打過來，我只覺得臉上一陣火辣，剩下的什麼都感覺不到。我愣在原地，猶如被平地裡驚起的一道雷劈中，腦袋嗡嗡作響，喉嚨裡像卡了根刺，什麼話都說不出來。老師連忙走了過來，把我父親勸住了，他才稍稍緩和了一點情緒。

「事情也不一定就是那樣。」老師說。

「我回家好好教育他。」父親說道，「太讓我丟臉了！」

在父親心目中事實到底如何壓根就不重要，我的心情也不重要，重要的只是這件事情讓他覺得丟臉了，僅此而已。

回家的路上，父親強壓著怒火，一言不發，到了家中母親

問發生了什麼，父親不作聲，我也不肯說話。母親什麼都不知道，卻對我說：「你給你爸認個錯，幹嘛跟你爸過不去。」

我再也受不了所發生的一切：為什麼他們都不等我開口說話，就認定了是我的錯？這樣的家我一秒也待不下去，在母親做飯時，我趁著父親不注意偷偷溜出了家門。

我用盡所有的力氣一路奔跑，跑到再也跑不動時，幾乎是整個人癱倒在馬路邊的台階上。周圍人來人往，有人用疑惑的眼神看著我，我卻什麼都感覺不到，感覺不到風，也聽不到馬路上有車開過的聲音。坐下後我試圖理清整件事的來龍去脈，能想到的就是那個同學以為是我偷了他的 MP4，於是告訴了老師。可為什麼老師都不先找我瞭解事情真相？為什麼同學只是看了一眼就覺得是我偷的？只是因為我是從鄉下來的什麼都不懂的孩子嗎？難道在他們心中我就是這樣的人嗎，那我在父親眼裡又是什麼呢？

想到這裡，我身邊彷彿有著無數道高牆，它們高高地聳立著，遮住了最後的一縷光，只留下一片漆黑。

過了很久，我才站起身，木然地走在街道上，一路沿著家的反方向走，下意識地走到了唱片行門口。我想起了曾經聽的歌，從貨架上找到一張卡帶，問老闆借了複讀機。耳機裡傳來了熟悉的音樂時，我眼前浮現出小時候的那個自己，被困在醫院的病床上的那個自己。到頭來能跟我說話的，只剩下音樂而已。

這件事最終不了了之，到最後我不知道到底是誰偷了那個同學的MP4，老師也沒有再提起過，我自己的MP4自然被父親沒收了。只是從此班裡的所有人都疏遠了我，這是屬於他們的默契，我被冠以「小偷」的稱號，這個稱號甚至取代了我的名字。漸漸這個消息傳開了，走在學校的路上，不認識的人看著我的眼神裡都帶著刺。後來我才知道，是班長得出了是我偷的這個結論，在毫無證據支持的情況下，所有同學都認同了這個結論。得知這個消息的時候，我已經沒有一點感覺了，知道不知道這些又有什麼區別呢。什麼原因都不再重要，我只知道一件事：人們一旦認定了一個事實，根本就不需要求證。那時的我深陷於牢籠之中，那是由偏見和誤解構成的牢籠，無處可逃。
　　就這樣，我沉默寡言，迴避所有人帶刺的目光，把自己的世界縮小到只有學習和音樂的世界。
　　就這麼度過了我十四、五歲的時光。

　　沒有課的時候，我都在唱片行裡逗留一整天。
　　這家唱片行並不大，從最左邊到最右邊不過十步的距離，貨架也只有六排，賣的都是清一色的卡帶。自從隨身聽流行起來之後，卡帶就變成了上一個時代的產物，人們很快對它們失去了熱情。所以哪怕是週末也沒有什麼人會來這裡，即便是有人來，也都是來了就走。這樣也好，我可以安心地切斷與世界

的聯繫。世界對我來說不再重要,甚至說不如不存在為好,既然它忽略我的存在,我便也忽略它的存在。

　　直到我剛滿十六歲的那個夏天,有一個女孩也走進了這家唱片行,她跟我一樣,一待就是一整天。接連好幾個週末我都看到了她,我漸漸察覺到她跟我一樣,在這裡要關門時,我們走出唱片行的步伐都極其緩慢又沉重,說是緩慢或許不夠準確,那更像是一種沒有期待感的步伐。正是因為注意到這點,我開始注意起她來。

　　她總是緊鎖眉頭,低著頭認真地做自己的事,對窗外發生的一切都沒有興趣。越是觀察,就越是覺得她的認真不合常理,一個人的集中力是有限的,無論多麼沉浸在自己的世界中,也需要有放鬆的時刻,但我幾乎從未看到過她停下來休整的時刻。她身上像是隔著一層薄薄的霧,她把自己都藏在了這霧裡。可有那麼一次,我瞥見了她內心的一角,那天唱片行有事沒能準點開門,但我們都準時到了。等待時我們恰好四目相對,只是一瞬間的事,我卻久久不能回過神來。她的眼神裡沒有訝異,沒有期待,也沒有厭煩,什麼情感都沒有,只閃過了一絲不易察覺的悲哀,那是只有同類之間才能感受到的感覺,就像是快樂的人很難察覺到別人的痛苦,只有同樣痛苦的人才能敏感地感受到別人的痛苦一樣。我感受到的就是這麼一種類似於同性相吸的東西。

我逐漸習慣了她的存在，我想她也逐漸習慣了我。

每到唱片行我就會尋找她的身影，有她在的唱片行的確比只有我一人在時更覺安心一些。她也會在看到我之後，才低下頭去做自己的事。或許這是因為知道這座城市裡有人跟我一樣「奇怪」，在學校讓我覺得無比壓抑的情況下，她的出現讓我的十六歲不至於是徹頭徹尾的「不正常」。

我們第一次說話到底是什麼時候來著？

對了，那天我剛到唱片行就下了一場大雨，這場大雨來得極為突然，本來還亮著的天很快就暗了下來，樹葉被風刮得七零八落，不久整座城市只剩下了雨點打在地上的聲音。街道上瞬間沒了人影，眼看著雨越來越大，我想她今天應該不會出現了，卻在門口看到了她。

她費勁地推開門，又得顧著收傘，整個人顯得有些手忙腳亂，頭髮已經被淋濕。我趕緊去幫忙，幫她抵著門，接過傘讓她先進去。幫她收傘的時候，我真切地感受到了外面的風，風吹著雨打在我身上，打在傘上。這場雨比我想像的更大一些。

我看著窗外的瓢潑大雨，說道：「今天雨這麼大，沒想到你還會來。」

「你不也來了嗎？」女孩整理著自己的頭髮，或許是剛淋過雨，她的臉龐顯得有些慘白，但她還是擠出了一個笑容。

女孩說我可以叫她夢真，我誇她名字好聽：夢真夢真，唸起來都覺得讓人充滿了希望似的。

在交談中我漸漸發現了很多共同點，我們都喜歡音樂，都是獨生子女，都在學校裡獨來獨往，但我並未說明原因，那些事我不願意再提起。她也沒有說太多以前的事，我察覺到她言語中的小心翼翼，猜想她也不願意提及。那天的時間過得很快，好像我才剛坐下來沒多久，唱片行就到了關門的時候。一天的日子過得如此飛快，對我來說還是第一次，以往我都是數著秒針過日子的，覺得每天都是一樣的難熬，時間的長短對我來說沒有意義。

當我對她說出第一次覺得時間過得飛快時，她笑著看我，說她也是第一次有這樣的感覺。

往後我回憶起她的時候，我總是先憶起她那天的笑容，在那之前我也有見過很多笑容，但從未見過這麼溫柔的笑容，即便是十幾年後的今天，她的笑容也宛若在我眼前。

我們約好下次見，儘管不需要這樣的約定，我們下次一定還會見到。

我記得那天在回家的路上，我一邊聽著她給我推薦的歌，一邊看著眼前的風景。雨後的空氣聞起來有一種泥土味道，城市也沒有那麼喧鬧，紅綠燈的顏色顯得鮮明，我看著漆黑一片的天空，總覺得跟平時看起來不太一樣，就連掛在我頭頂的那

輪月亮，也顯得比平時可愛。

　　我跟夢真的見面開始頻繁起來，我們一起升上了高中，我也多多少少遠離了曾讓我無比壓抑的同學。父母變得更加忙碌，跟我幾乎完全錯開，一週只能見上幾面。我的身體也有了成長，不再是那個動不動就發燒住院的少年了。我感覺自己正逐漸走近這個世界，儘管還是隔著很遠的距離。

　　除了唱片行，我們也會在街上漫無目的地走。在那之前，我走路總是低著頭，不看周圍的風景，夢真也是一樣，彷彿因為有了對方，我們才在這個城市中找到了其他可以停留的地方。跟她在一起的時間總是過得很快，在與她的交談中，我發現夢真天生就有一種本領：她能讓人不自覺地說很多話。和她說話時我竟然也變得能說會道起來，她總是會因為我的一句話露出燦爛的笑容。有人會因為我的話而笑起來，這在我人生中，是實實在在的第一次。

　　只是偶爾的，我也發現聊天中的不協調感──那些笑容實在是美好得過頭了。有時我自己都覺得說了一句無聊的話，她也會笑得很燦爛。但這種感覺轉瞬即逝，我並未太過在意。

　　我覺得找到了一個座標，找到了一個可以談得來的人。我把所有感受都告訴了她，比我想像的更誠實，毫無保留。

　　「一直以來我都覺得我的世界裡只有自己，沒有人跟我一樣。」我說。

那時我們正走在一條小巷子中,那是一條普通的南方小巷,地面鋪著灰色的磚,坑窪不平,放眼望去沒有看到別人,地上都是樹葉的影子。記得太陽就要落山,夕陽把她的頭髮染成了黃色,像是老香港電影裡的濾鏡,她走在我的右手邊,馬尾辮上卡著的一個白色髮夾,也被一同染成了夕陽的顏色,不知道為什麼,我從小就覺得這是最浪漫的顏色。

　　我已經不記得說這句話之前我們在聊什麼了,但記得說這句話時的心情。我想告訴她,她對我來說有多重要,是她讓我擺脫了所有的苦悶。

　　「我明白。」她原本低著頭看樹葉的影子,聽到我說話便抬起頭目不轉睛地盯著我的眼睛。她總是這樣,喜歡看我的眼睛,那樣子像是從我的眼神裡確認一些什麼。「我也是這樣,很多次我都想一聲不吭地離開這裡,但我又不知道自己到底能夠去哪裡。」她說道,認真的神情再次表示這就是困擾她許久的事。

　　「我以前也不知道。」我說。

　　「那現在呢?」

　　「現在知道了,」我認真地看著她,回應她的眼神,「哪裡都好,只要你也在就好了,如果不能改變身邊的環境,就換一個地方重新生活。我原本不期待明天以後的生活,但現在不同了。」

「真的能重新開始生活嗎?」她依然直視著我。

「一定可以的,」我說,「你知道常常生病的感覺嗎?那是一種躺在病床上哪裡都不能去的壓抑感。我總是想像著醫院牆外的風景,只不過是一牆之隔,卻怎麼也翻越不過去,我對自己的身體毫無辦法。但你瞧,我現在也不怎麼生病了。我能夠自己去很多地方,只是還不夠遠,有時還是會遇到那些我討厭的人。」我把所有的問題都推給學校,接著說:「現在我們要做的,就是熬過高考,我們都只剩下最後一年了,等畢業了,去一個新的城市生活,我們討厭的人就不在了,我們就能離開家庭了,那時候我們就一起開始新的生活。」

「我們討厭的人,真的就會不在了嗎?」她說,一陣風吹來,頭髮遮住了她的眼睛,她不得不低下頭整理自己的頭髮。

「總會不在的,難不成那些人還要一直跟著我們嗎?」我想當然地說,「我們現在會覺得困擾,是因為沒有選擇,是因為那些人就在我們身邊,他們總是用他們的方式提醒你那些不愉快的事。等能離開這裡了,我們就可以選擇朋友,選擇學業,選擇居住的地方。我們就可以把往事都丟掉,重新開始生活。我們一定可以做到的,像你的名字一樣。」

她不再直視我,表情裡藏著我看不懂的東西。

「你不是也想離開這裡嗎?」我問道。

「嗯。」她鄭重其事地點頭。

「日子總會好起來的。」我伸出右手牽住她的左手，說，「我原本沒有這麼堅定，也對未來沒有太多的憧憬。日子總會好起來的，因為遇到了你，我才堅信了這一點。」

夢真怔了一會兒，露出了甜甜的笑容，用力地握了握我的手。我至今仍真切地記得從她手中感受到的力度，這份力量實實在在地、毫無虛假地傳來，無論過了多少年，我也能夠確認那時我們雙方的真誠。在我的未來裡一定有夢真的位置，這是這世上唯一能夠完全瞭解我所想的人，我想她的未來裡一定也會有我。

到時我們就在一個新的城市生活，所有的往事都隨風飄走。睡前聽著彼此的呼吸，醒來就是陽光萬里。我們會遇到很好的人，一起說說鬧鬧。還有那麼一個春天，天是最藍的天，空氣裡都是花香味，我們想去哪兒就去哪兒，想在哪兒停留就在哪兒停留。所有的黯淡都留在昨天，去哪兒都是春光明媚，目光所及的地方都是風景，像風一樣自由。

我沒有想到這些關於未來的憧憬，會在一夜之間化為泡沫。

在即將升入高三的那個夏天，夢真突然從我的生活裡消失了。像是連接著我們的那根線突然被剪斷了一樣，我在唱片行等了又等，又去了我們去過的所有地方，一連好幾天我都在城市裡尋找她，我給她的小靈通打電話，但只換回關機的提示聲。

我給她發了很多短信,但遲遲沒有回音。無論我去多少地方,等到多晚,發多少條訊息,也追尋不到她的影子。

我告訴自己,她或許只是有一點事要處理,過了一陣子還會出現,直到幾天後收到了一封她的郵件。郵件中說了一些關於她的事,但她自己都並未表述完整。彷彿是她自己都不知道自己到底要說什麼,但有一件事無可辯駁,無論我讀多少遍我都沒有辦法告訴自己她要表達的是另外一個意思。

「每次我剛開心一點兒的時候,心裡總生出一些不真實來,幸福感一旦稍稍產生,就必然迎來巨大的痛苦,一貫如此,這些想法不是我自己能夠控制的,想不想這些也不是我能選擇的。雖然只是相處了兩年,但跟你在一起我是真的開心,你說沒理由別人能做到的事我們做不到,像我的名字一樣,其實我最不喜歡的,就是我的名字。這一點我不是故意隱瞞,只是覺得不該告訴你。或許我應該早點告訴你的。有很多事情我無能為力,即便走遠了,我也還是那個我,也擺脫不了這樣的自己。那些無法實現的承諾你就忘了吧,如果可以,當我從來沒有出現過,對我們兩個人都好。」——她在郵件裡這麼說道。

讀完郵件,我愣在原地,像是被人狠狠打了一拳,遲遲無法反應過來發生了什麼。等到回過神來,內心只剩下無法言喻的痛苦。我無法接受她所說的話,接連兩個月我把郵件關掉無數次,又打開了無數次;給她打了無數個電話,依舊只換回無

數次關機音。我苦苦追尋,卻搜尋不到她的痕跡,身邊竟然沒有人知道夢真這個名字,好像她從未出現過一樣。

我不停回憶,試著找出她是從什麼時候決定要離開的,可怎麼都找不到蛛絲馬跡。我開始丟失睡眠,有好幾天我都直到天亮才睡著,或者就是睡了一會兒就醒了,醒過來漆黑一片,身邊的一切都無比陌生。這時夢真的郵件就變成了字塊呈現在我的眼前,無論我看向哪裡,它們都浮在前方。我到底屬於哪個世界呢?一旦有了這個想法,我就開始苦苦尋求過去所屬於的世界,最終得到一個讓我覺得無力的事實:我從未完全融入過任何一個世界。

一直以來我都被看不見的網捕獲了,掙扎一次,網就纏得更緊一次,漸漸無法呼吸:我遇到的人都不在乎我,唯一在乎我的人卻又一夜之間消失。我的內心缺了一塊,所有的一切都從這個洞口中流逝,我不知道它們會掉落在哪裡,也聽不到它們的迴響。我想起了過往的一切,想起了對她說的話,覺得這些話空空蕩蕩,像是飄浮在空中,原本所憧憬的未來,已經失去所有的意義。我找不到任何東西可以填補自己的內心,唯一能做的只有把全部精力都投入學習中去。我藏起卡帶,再也沒去過那個唱片行。

世界再次縮小到了只有學習的範圍,我決定跟所有與她相關的回憶暫且保持距離,否則每天的日子會無比漫長。這過程

還算順利,高考的壓力讓我無暇顧及其他。十個月之後我高中畢業,一方面如釋重負,終於告別了高考的重壓。可另一方面,在重壓消失之後,我又開始忍不住回憶過去的一切。

填志願時選擇了北京,我知道只有一件事是必須做的:我必須去很遠的地方生活,那裡沒有任何熟悉的東西,我才可以重新開始生活,才能學會遺忘,這是我唯一的出口。

說來矯情,如今回想起來,十九歲那年的夏天,空氣裡都是離別的氣息。我從小就失去了在這個世界中的聯繫,跟這個世界產生了某種疏離感。我曾以為自己找回了跟世界的聯繫,但轉眼那個座標就消失得無影無蹤。所有的期待都落空後,我像是置身於漩渦之中,看什麼都像隔著一層鏡片,只覺得所有的一切都那麼不真實。

CHAPTER ———————————— 02
初次見面請多指教

我的大學時代始於 2008 年。

這一年手機已經徹底普及，社交網路逐漸進入每個人的生活；北京剛舉辦完盛大的奧運會，全世界的目光都聚集於此。我在電視裡看完了盛大的開幕式，街頭小巷都在談論著奧運會，中國代表團最終奪得了奧運會金牌榜的頭名。一夜之間，每個人眼裡都寫著自豪。與此同時，金融危機也悄然發生，世界正在發生天翻地覆的變化。在世界的某個角落，我正緊鑼密鼓地準備著在大學要做的事。

當我決定要來北京時，家中就瀰漫著不安又緊張的氣氛，父親早已把我的未來都安排妥當：念一所離家不遠的大學，再回到家鄉找一個他覺得「挺好」的工作，至於這工作是否適合

我，或者我是否喜歡，在他看來都毫無意義。從小到大他就安排好了我的一切，從未跟我商量過，彷彿在他心目中這就是一件理所應當的事。

但這一切都沒能改變我要離開家的想法。我必須擺脫掉所有往事，擺脫家庭，擺脫那該死的讓我覺得空空落落的情緒，離開家是當時我唯一的選擇。

快到北京時，飛機倏然地轉了個彎，我看到了窗外的藍天，瞥見了北京林立的高樓。

一切都會很順利的，我心想。

學校在北京的北邊，坐落於一個不大不小的大學城裡。從大門走進去，首先能看到的是並排的柳樹，再過一會兒就能看到一道石橋，石橋下是一片人工湖。人工湖裡有數十隻白色的鴨子，湖面上有一艘老舊的船隻，說是從以前就停泊在這兒的，因為年代久遠已經喪失了作為船的功能性，眼下變成了鴨子們的巢穴。

岸邊是兩排桌椅，桌椅特地做成了古舊的銅色，夏日正盛，湖邊倒映著柳樹的倒影，沿岸的小路又被參天大樹的陰影遮蓋，因此，這兒成了新生們常走的地方。

教學樓用紅磚建造而成，雖說已有數十年的歷史，但因為校方管理有方，這紅磚看著完全沒有「老舊」的感覺。鐘樓和

食堂則用白磚堆砌而成,跟紅色的教學樓相得益彰。

稍顯落魄的是我們的宿舍樓,從外邊看依然嶄新,可樓內則是另外一番景象。宿舍間裡有著一種說不出的灰塵氣味,地板雖然打掃過,但還殘留著一些沒法清理乾淨的痕跡。從小在醫院長大的我,對這些感到極為不適,到宿舍的第一天晚上便沒有忍住大肆整理,又買來消毒液拖地,但也一樣無功而返。

作為大學新生,自然對周遭的一切充滿了新奇感,就連空氣都有所不同,透著勃勃生機。我一個人把校園走了個遍,又逛遍了周邊的地方,新生活就在眼前,豐富多彩的新世界就在前方,一切都在按照我所預想的方向走著。

正當我在心裡暗自慶幸時,卻冷不防地被打回了現實。

我依然找不到人說話,起初找不到原因,後來才明白,我並沒有真的變成那種幽默風趣的人,只是夢真讓我誤以為自己變成了那種人而已。那是屬於她的才能,不是我的。

這是更為廣闊的世界,人們說話和生活的方式天差地別,話題又五花八門,不是我能夠簡單跟上的。同時我又極為在乎別人的看法,生怕自己說錯了什麼,再被貼上一個糟糕的標籤。所以我極少表達自己的想法,或者順著他們的話說。如果說每個人身上都或多或少地透露出某種氣場,一眼就能讓人看出基本的性格,那麼我身上的氣場則接近於「無」,是一種透明的

氣質。

　　我比想像中更沉默寡言，舍友們總是說著屬於他們的話題，上課的時候也都坐在一起，跟其他同學自然而然地說話，朋友圈越來越大。唯有我在原地踏步，越發孤立。

　　一切開始向反方向飛奔。對於環境的新鮮感退去之後，沒過多久，夢真的身影就開始浮現在我的腦海裡，最初還只是一些虛影，後來慢慢地變成了更加鮮明的存在。

　　徹底想起她的那天，我正一個人漫無目的地走在湖邊。

　　那天陽光特別好，沒有什麼風，雲朵像船隻浮在天上。我走在湖邊的小路上，看著鴨子游來游去。對岸的桌椅邊坐滿了人，大家三三兩兩坐在一起，不知道他們在說些什麼。對面走來抱著書的女生，一臉笑容地跟身旁的人說話。那是特別奇妙的一天，路上遇到的所有人竟都是成群結隊，身邊的一切都熱熱鬧鬧。或許一直以來都是這樣，只是我選擇不去在意。總之，在這麼一個風和日麗的下午，本該是心情最好時候，我突然發現自己迴避不了這樣一個事實，每個人好像身邊都有人陪伴，只有我一個人戴著耳機走在這條路上。人總是在最不該想起一個人的時候想起那個人，如同一種詭異的墨菲定理。

　　我看向湖裡的鴨子，鴨子們都游在一起，只有一隻遠遠地落在後頭落了單。或許在鴨子中也不存在落單這回事，只有不

善言辭的人才會落單，我想。人人都有地方可去，唯獨我孤身一人，站起身時，陽光格外刺眼。

　　夜裡我做了一個夢。

　　夢裡是一片荒蕪，猶如沙漠一般的荒蕪，風吹過來，揚起了一片沙子，沙子敲打在身上產生刺痛。在不遠處，有好幾條道路，我能看到道路盡頭是喧囂的城市，那裡車水馬龍人來人往。我滿心期待向道路的那頭走去，步伐越來越快，就在那城市只有觸手可及的距離時，卻猝不及防地撞上了一道牆。我跌倒在地，感覺自己的骨頭都被撞裂了，隨之而來的就是整個人被撕裂的痛苦。狂風席捲沙子而來，眼看著我整個人都要被淹沒在塵土之中，夢真出現在我的上空，她向我伸出手來，我掙扎著伸過手去，卻什麼都摸不到。

　　就在這時我從夢中驚醒，花了很長一段時間才說服自己那不過是一個夢境。

　　我一直以為可以帶著夢真前行，帶她走向新生活，以為自己有這種力量。或許一切應該反過來，是因為有夢真在身後，我才有了這種力量。所以她離開以後，我便對一切無所適從了。就像是滿心期待地坐上開往目的地的列車，下車後才發現自己坐過了站，眼前沒有路標，也沒有指示牌，風景又是無比陌生，身邊的人很快都往前方走去了，而我因為失去了方向感，所以缺乏跨出第一步的勇氣。

我在書店找了份兼職,一週工作三個半天,週四和週末,每天的工作從下午兩點開始。報酬可以忽略不計,但我只能讓自己忙碌起來,在書店工作是相對不需要跟人打交道的工作。在書店裡工作的學生除我之外還有一個我大兩屆的學長,叫姜睿,可能是同為學生的原因,他對我很關照,如果沒有他,恐怕我很難這麼快地適應這份工作。但他看起來過於嚴肅而自律,我本就話不算多,他也是一樣,因此我們的交流在很長一段時間內只停留在工作上,只是見面會打招呼的程度而已。

　　一天,我上完課走回宿舍,剛走到宿舍門口,聽到他們討論起我,大意是說我這個人哪裡不太正常,不愛跟人交流,性格孤僻,接著又聽到有人說「你提他幹嘛,有什麼好提的,多無聊的一個人啊」。這句話不偏不倚地傳到了我的耳朵裡,每個字竟然都無比地清晰。即使我自認為是這樣的人,可當我聽到這些時,卻依然覺得神經被刺痛一般。我停下了腳步,在門外徘徊了一段時間,等到他們聊遊戲聊得熱火朝天時才走進去。

　　我坐到床上玩手機,螢幕暗下去的時候看到了自己的臉。那張臉乏善可陳,走在人群中恐怕都不會讓人看第二眼。這種自我認知讓我自卑起來,也同時羨慕著那些氣場強大的人,羨慕那些可以輕而易舉就擁有很多朋友的人,他們所處的世界,是一個我所沒法去往的世界。

班裡有這樣的一個人物，叫夏誠。

開學沒多久，他就成為了同學們口中的話題人物。他一絲不苟的打扮，精心打理的髮型，都在當時的男生中很少見。聽說他家境富裕，吃喝不愁，又是地道的北京人。但讓人們真正注意到他的，還是他那天生的與人的親近感和輕快幽默的說話方式。他樂於交朋友，也擁有交朋友的能力，每當他來到班級時，坐著的人大多都會圍到他身邊。他身上總有很多故事，這時總能聽到一陣暢快的笑聲。

從女孩們的交談中得知他有一個校外的女朋友，兩個人在一起很久了。「還真是可惜啊，好看又有錢，如果是單身就好了。」她們這麼說道。

我與他沒有太多的交集，我當然想和這樣的人成為朋友。我覺得如果與他成為朋友，就能變成想像中的那種幽默而風趣的自己，就能借此開拓自己的世界。可就像我說的，我對於交朋友的技巧一概不知，又缺乏社交中應有的自信。開學那天有過一次簡短的交談，打過照面，往後就再也沒有說過話。如果說班集體是個舞台的話，他就站在舞台的中央，而我只是舞台下最外邊的觀眾而已。

我怎麼也沒想到他會主動跟我說話。

這是十一月的事。

天氣漸漸冷了下來，來上課的人又少了許多，教馬哲的老師是個小老頭兒，他對課堂的出勤率頗為不滿，言語中流露出對我們這代人的無奈。

「真的是一代不如一代了，要擱以前，哪有這麼多人不來上課的。」

雖然他說著這些話，但我其實很喜歡這位老師。他上課可謂是盡職盡責，即使來上課的人只有一半不到，他也不偷工減料，同時他寫得一手好字，我對字寫得很好的人很難討厭起來。最重要的是他說這些時的語氣，總讓我覺得有些寂寞。

所以上他的課，我儘量認真一點兒，即使很難收起心思不想別的事，也還是會盡心盡力地把他的板書都抄下來。正當我記筆記的時候，夏誠坐到我身邊，邀我一起唱歌，這讓我愣了一下，後來才知道那天是他的生日，但讓我一直很疑惑的是，我不知道他為什麼會特意叫上我。

「第二天還有工作。」我推託道。

「第二天的事第二天再說嘛，你一定得來啊。」他說，臉上帶著爽朗明亮的笑容。

我無法拒絕，下課後認真選禮物，最後在學校附近的店鋪裡選了一支鋼筆，心想這他總能用得上。

晚上的時候，不見夏誠的身影，整個包間裡只坐著一個女

孩。我在門口徘徊了會兒，再三確認時間，又回頭看了眼包間號，確定自己沒有走錯，才走進了包間。

「你是夏誠的朋友吧？」女孩熱情地跟我打招呼。

「嗯，我是他同學。」我說，有點不太適應包間裡昏暗的燈光。

「我是他女朋友，我叫安家寧。」她說，「先坐一會兒吧，他一會兒就到。」

坐下後她忙前忙後，又是幫我拿水，又是問我要不要先點歌，還幫夏誠道歉。安家寧化著淡妝，一頭長髮，穿著顯得十分高雅，說話的語速不緊不慢，聲音也不大，整個人給我一種文靜又優雅的感覺。但我沒有再看她，或許是怕不知道說什麼，就低頭看起手機。過了一會兒還是沒有人來，安家寧見我不說話，就主動跟我說起她今天花了一整天佈置好夏誠的生日派對。

「這些氣球我花了兩個小時才弄好。」她指著天花板下的氣球說。

「你一個人弄的嗎？」我問。

「是啊，」她又看向了照片牆，一臉緊張，「不知道夏誠會不會喜歡。」

照片牆上有很多照片，是夏誠跟朋友們的合照。我看到最中間的位置是他倆的合照，看著是按照時間線排列的，最左邊的那張照片裡他們還穿著校服，安家寧一臉笑意地看著夏誠，

那笑容看起來是如此地熟悉，恍惚間我想起了以前也有人這麼看著我。我決定不再想下去，轉頭對安家寧說：「他肯定會喜歡的。」

　　這時夏誠的朋友都陸陸續續到了，安家寧跟每個人介紹自己，又問大家要喝什麼，招呼著大家，看得出來她竭盡全力地想讓氣氛熱鬧些。氣氛不算太尷尬，但這本身與安家寧無關。人們所說的話題都是關於最近去的好玩的地方之類的，反倒是安家寧的話不多，只是時不時地點頭附和上兩句。

　　還好夏誠沒有遲到太久，他一出現氣氛很快熱烈起來，每個人熱情地跟他打招呼，言語裡都是今天晚上要不醉不歸的意思。我坐到了最邊上，在這種全然陌生的環境中，已經習慣不說話。我不安地算著時間，得早點回去，我心想。

　　沒過多久，夏誠就走到我身邊，手裡端著兩個酒杯。

　　「我以前沒怎麼喝過酒。」我忙說。

　　「今天我生日，」他說，「你怎麼也得喝一點嘛。」

　　安家寧走到他身邊，關切地提醒他少喝些。夏誠點頭說好，親暱地抱著她，接著便叫上了他的朋友們聚到一起玩遊戲。我不擅長喝酒類的遊戲，無論是猜拳還是玩骰子都輸得一塌糊塗，記不清自己喝了多少杯，只記得喝得很快。幾輪遊戲結束，我開始興奮起來。說是興奮也不太準確，大概是思維開始不受自己的控制。

我感受到了前所未有的輕鬆。
　　此刻我眼前的景象變得朦朧，不再真切，只是顏色變得鮮明，明明昏暗卻恍似色彩斑斕。世界變得無比美好，每個人都可愛，他們說的話明明我都聽不清，卻也覺得無比真誠。遊戲不知道在什麼時候結束了，我卻沒有放下酒杯，思緒變成斷了線的風箏，在空中漫無目的地飄浮。我覺得身體也輕盈起來，忘卻了所有煩惱，整個人游離在現實之外，彷彿是憑空打開了一扇門，門後是沒有重力的世界，踏進這個世界的人都不需要名字，我們一起隨處漂流，離身後的真實越來越遠。
　　可再喝多一點兒的時候，我就被突然拉回了現實，像是被引力拉回了地面，劇烈的碰撞使得眼前的一切開始天旋地轉，就連夏誠都開始有了重影。我用盡最後一絲理智走到了門外的廁所，一陣反胃。我吐光了酒，吐光了胃裡的所有東西，吐到眼淚直流，所有快樂的錯覺都消失得無影無蹤。不知道過了多久，再也吐不出來時我想：怎麼著也要回到包間裡。可即便我自認神智清醒，手腳卻好似不是自己的，將將移動了一小步的距離，就立刻癱倒在地。所有的思維又變得斷斷續續，對當時的記憶也斷斷續續，我閉上眼睛，緊鎖眉頭，抿起嘴唇怕自己再吐，強忍天旋地轉的眩暈感。
　　這時我感覺到有人在拍我的肩膀，費盡力氣才勉強睜開雙眼。

是一個女孩,她明明就在我眼前,我卻看不清她的模樣。印象裡是她的眼神,我說不清裡面是什麼,但我覺得她的眼神無比清澈。她說了什麼我也記不清了,大概是問我怎麼樣之類的話,因為我記得自己反覆說著沒事。我終於清醒了些,能站起來了,可走路依然搖搖晃晃。那個女孩一路小心翼翼地陪著我,怕我再摔下去。

　　夏誠問我去哪裡了,我便含糊回應。女孩大概說了一句我喝多了之類的話,夏誠對我說沒關係,他在校外租了房,晚點可以住他家。

　　沒再說上幾句話,他就被朋友叫去喝酒了,剩下的喝酒遊戲我都沒有參與。我實在是邁不開腿,幾乎是癱在了沙發上,過了一會兒,大概是到了十二點,大家唱起生日快樂歌,我也站起來又喝了一杯酒,天旋地轉的感覺再次襲來,坐下後很快就睡了過去,睡之前最後的記憶是安家寧拿來切好的蛋糕,我說等會兒再吃。

　　我醒來時人已經走得七七八八,酒醒了大半,只見夏誠倒在一邊,安家寧和那個女孩正唱著歌。女孩看我醒了,問我:「怎麼樣了?」

　　我不好意思地說:「沒事,醒了。」

　　「你再喝點兒熱水吧。」說著她又給我倒了一杯熱水。

　　「嗯⋯⋯」我沉吟了一會兒說,「我沒耍酒瘋吧?」

她噗哧一笑,說:「沒有,你睡得可踏實了,你再緩一會兒,我們唱會兒歌。」

我吃了一碗麵,頭疼緩解了不少,只是胃還有些不舒服。回憶起喝多時的樣子,恍惚間有種錯覺,那時的我不是我,可喝多時的感覺又真真切切地都還記得,到底哪一個我才是真的我,我自己竟也無法分辨。或許我身上藏著一個我都不認識的自己,而這個自己可以融入周遭的環境,找到屬於我的位置。

不知道過了多久,點的歌都唱起了第二輪,我提議送夏誠回去。等我們三個把他扶到樓下時,我看了眼時間,已經快四點。天依然很黑,可街道卻燈火通明,街邊的一切都比我想像的更熱鬧,不管是來來往往的車輛,還是形形色色的男男女女。好像現在不該是晚上四點,而是晚上十二點才是,熱鬧的黑夜才剛剛開始。喝過的酒,唱過的歌,明天醒來人們又會再來一次,周而復始。這是一個我之前所不瞭解的世界,但卻覺得有種熟悉感,回過神來才察覺到:它跟我夢裡的世界有相似之處,熱鬧又繁華。

難以置信,我竟然真的身處此境。

走到路邊,夏誠依然站不起來,只能坐在馬路邊上。安家寧蹲在他身旁,一會兒拍著他的背,一會兒給他遞水。女孩和我站在一旁幫忙打車。

冬天的風比我想像的更冷一些。

「你回哪兒?」我問道,站到風吹來的那一邊。

「我和家寧先送你們回去。」女孩說,「別擔心,安家寧會把我安頓好的。」

「我已經醒了,先送你回去吧。」看她一副擔心的模樣,我就沿著馬路邊走了一遍,沒想到剛走了三步就滑了一下,差點兒扭傷腳。這是為什麼?我明明腦袋很清醒啊。

「你看你看,我就說你沒醒吧。」她說。

「真醒了。」我實在是不好意思讓她再等下去,「我送他們回去就好了。」

「哎呀,你真囉唆,你繼續說吧,反正我不聽。」她摀住了自己的耳朵。

我心裡正盤算著要怎麼樣才能說服她,只見她往前小跳了一步,問我:「對了,還不知道你叫什麼呢,我叫董小滿。」

「陳奕洋。」

「好,我記住啦。」

說到這裡,她就跑到安家寧那兒,蹲下來問起情況。我也走了過去,我們的對話到此為止。

過了很久才終於等來一輛計程車,司機要了一個離譜的價格,但總算有輛車肯帶我們,容不得我們猶豫,董小滿把我推進了前座,又和安家寧把夏誠扶進車。我撐著頭,看著窗外,看著街景不停倒退,看著街上的人逐漸變少,看著路過的高樓,

看著來往的車輛，終於再次找到了那種剛來北京時的感覺，那種身在另外一個城市的感覺，空氣流動的方式也再次有所不同。陳奕洋啊陳奕洋，你此刻不就在另外一個城市嗎？為什麼就不能開始新的生活呢？

難道到了一個新的城市，也不代表就此開始了新生活嗎？

到夏誠家後，還沒等安家寧收拾完客房，我就在沙發上睡了過去，連她和董小滿是什麼時候走的都不記得。一夜無夢，睡得極為踏實，這種感覺已經很久沒有出現了。醒過來的時候一陣恍惚，窗外的光晃得我睜不開眼，我花了一些時間才弄清楚身處何地。看了眼時間，正是下午一點。夏誠已經起床，見我醒了，跟我打招呼。他也一臉宿醉的模樣，端著熱水滿臉寫著頭疼，手邊是一堆禮物袋子，看樣子他是剛拆好昨天收到的禮物。我瞥見那些袋子上寫的都是我只聽說過的品牌，順著袋子看過去，看到了擺成一排的香水，但沒看到我送的鋼筆。

「昨天辛苦你了。」他說。

「沒有的事，我自己也喝多了，辛苦的是安家寧和董小滿兩個女生。」

「安家寧怎麼回事，怎麼讓你睡在沙發上。」

「是我自己睡著了。」我說，「再說已經很麻煩你們了。」

「嗨，沒事兒，怎麼這麼客氣，」夏誠看向我，接著用開

玩笑似的語氣說道,「鋼筆很實用,我收起來了。你這個人果然很實在。謝啦。」

我愕然不已,一時間竟不知怎麼接這句話。只能轉移視線,看到了他家的冰箱上貼著很多便利貼,冰箱旁是兩盆綠植,看起來精心修剪過。夏誠看到了我的目光,說:「這些都是家寧打理的,她很細心,還特地去上了園藝課。她說家裡得有點綠植才有生活氣息,不過我是覺得無所謂。」

他所住的公寓相當氣派,所有的東西都是嶄新的,沙發足足可以躺下三個人,還有一道小型樓梯通往二樓,二樓居然還放著一台跑步機。但同時也的確欠缺一些生活氣息,所有的東西都規規整整,也沒有太多裝飾,就像是商店裡的樣板房一般,廚房更像是從未用過一樣,冰箱裡也只有各種飲料和啤酒,牆壁上掛著碩大的世界地圖。

我想我大概流露出了「見到世面了」的那種表情,但他對此絲毫不以為意。夏誠喝完水坐到沙發旁,見狀我趕緊站起來,收拾攤在沙發上的被子和枕頭。

「我來收拾就好了,」他看了看手錶,說,「一點多了,一起出去吃午飯?樓下有家西餐廳還不錯。」

「不了。」我推辭道,並解釋下午要去書店工作。

「吃個午飯的時間都沒有?晚一會兒到也沒事的吧。」他說。

「還是儘量準時去吧。」我說。

「好吧,那就改週五晚上,讓家寧也叫上董小滿,咱們四個人一起。」他沒有再堅持,這讓我鬆了一口氣。

臨走時我聽到他說:「昨天玩得開心吧?」雖是疑問句,但語氣裡沒有任何疑問。

他說得對,除去醉酒後的難受,那熱鬧的氛圍還歷歷在目,我依稀回憶得起來大家舉杯相碰的模樣,當然還有那個一直在笑的我自己。

「嗯,只是我太快就喝多了。」

「這還不簡單,下次教你不會很快喝多的辦法,」他說,「都是一些小技巧,昨天要不是我生日,我也不至於最後喝醉嘛。」

「好。」

「以後經常出來喝酒,喝酒的時候最熱鬧,熱鬧能夠讓人忘掉煩惱,微醺的時候最開心,適合你這樣苦惱的人。」他怎麼知道我有苦惱的事?他的表情告訴我這不是隨口一說,我在他的眼神中察覺出一絲銳利。轉念一想,我平日裡所表現出的一定是苦大仇深的模樣,儘管我並沒有時刻在想那些困擾的事。或許正是因為他看到了我內心的掙扎,才主動跟我說話吧,除此以外,想不到任何其他的解答。

週五吃飯的地方在一個商圈附近，我是第一次去，下地鐵後就失去了方向，又不好意思找人問路，所以遲到了一會兒。是一家頗有派頭的西餐廳，在一棟寫字樓的頂層，走到門口我有些猶豫，這裡人人都穿得很正式，只有我穿著球鞋和土綠色的大衣，顯得格格不入。他們所坐的位置在窗邊，正看得到北京夜晚繁華的街景。我到時，夏誠正喝著紅酒，跟安家寧說話，董小滿是第一個看到我的人，老遠就跟我揮手。她梳著長髮，戴著我說不出名字的帽子，穿著白色的毛衣，她的穿著和打扮看起來極為合身和舒適，花哨的裝飾不多，顏色搭配也恰到好處，不會太扎眼又不顯得隨意。

　　我剛走到桌前，她就站起來跟我打招呼：「Hello，又見面啦。」

　　「你好。」我有些侷促不安，「上次麻煩你了。」

　　「噗，」她笑出聲來，說，「我就扶了你一下，哪有什麼麻煩不麻煩。」

　　吃飯時得知董小滿是安家寧最好的朋友，從初中就認識，現在還是她的大學同學，兩人一同在大學城另一邊上師範大學。董小滿聲音很好聽，眼睛裡充滿著活力，說話的語氣也是這樣，言語裡有一種我所沒有的生命力。她的生動抓住了我，讓我忍不住地多看了她一會兒。我看著她時她也看到了我，衝我眨了眨眼睛，我不好意思起來，低下頭去夾菜。

吃完飯後，董小滿跟安家寧說起學校的一門課，夏誠也跟我討論起學校的事。

「有時候我在想那些課到底有什麼好學的，」夏誠又要了一瓶紅酒，邊喝邊說道，「感覺我以後會用不上，說真的，有些東西除了考試以外一點用場都派不上嘛。你說呢？」

他如果不這麼問我，我原本是想就這個話題保持沉默的，但現在不得不回答，我想了一會兒說：「可能吧，但多學點東西肯定是有用的，將來工作也能派上用場。」

「現在是 21 世紀，又不是大學畢業了還能包分配工作，」夏誠笑著說，「你看看咱們這個專業，有多少應屆生，一年又有多少崗位？這其中的比例可能只有 20% 吧？」

「嗯。」

「不過我想學的，也沒有一所大學可以教我就是了。」他接著說道。

「想學什麼？」我好奇地問他。

「為人處世的才能。」夏誠說。

「這麼說來的確學不到。」我笑著說。

夏誠也笑了起來：「所以嘍，這門課只好自學。」

安家寧和董小滿還在說著話，她們把椅子搬到了一起，此刻正交頭接耳說著，邊說邊捂著嘴哈哈大笑，我好奇女生之間會聊什麼話題，這對我來說簡直是另外一個世界。

夏誠拿起紅酒瓶看了眼,給我和他自己分別倒上了一杯。

「我覺得你肯定得高分。」我說。

「嗯?」他一時沒有反應過來。

「如果為人處世是一門課的話,你肯定得高分。」

「哈哈哈,借你吉言,我也覺得自己做得還不錯,你可別覺得我不謙虛。」他笑著說,「我家老頭以前經常教導我一句話:『多一個朋友,多一條路。』人脈是很重要的。」

「這話我爸也跟我說過。」我說,「但交朋友對我來說很難。」

「嗯?」夏誠第一次露出疑惑的表情。

「一直以來我就不知道怎麼跟別人交往,也想不通大家都在想什麼。」我想了想說,那瞬間又想起夢真。但說起夢真的情況太複雜,暫且先不說為好。

「想不通大家在想什麼?」

「就是不知道別人是怎麼看待我的。」我解釋道,「所以不知道怎麼表現自己。」

「這樣啊,」夏誠說,那種洞察一切的眼神再次出現了,「這麼說吧,我爸以前經常帶我去他應酬的場合,我在那裡學到了很多東西。這些場合都大同小異,打個比方說,你進門的第一眼就得觀察,坐在主位的人是誰一定要記住,坐在他兩邊的人也很重要,說是吃飯,但其實時間都花在喝酒上了,全桌

十幾號人都知道今天要哄誰開心。你可以很清楚地看到他們聚在這裡吃飯的理由,一個是為了利益,一個是為了面子,就這麼簡單。」

「所以其實人們的想法沒那麼複雜,無非就是想要滿足自己各方面的欲望而已。不光是酒局,所有的場合都一樣。」

「怪不得你這麼能喝酒。」我說。

「哈哈哈,你這個人怎麼重點這麼奇怪。」夏誠端起酒杯搖晃,笑著說,「不過我能喝酒也不是這個原因,虛榮心只是其中的一個理由。」

「那是什麼?」我問道。

「人年輕的時候,就該追求刺激,動盪,熱鬧的生活。喝酒只是其中的一種方式而已。不覺得每天上課下課這種日子很無聊嗎?能認識的人也就那麼些,學校這地方只會把人一點點磨平,把每個人變成同樣的機器。」說到這裡他看著我說,「所以你下次也常來我的聚會,不要老一個人悶著,一個人悶著有什麼好的,只會無聊和鬱悶嘛。」

我點頭說好,事實上我也覺得一個人的生活只有無窮無盡的苦悶而已,這苦悶讓我恐懼,像是一個人面對著漆黑一片的大海,隨時都可能被吞沒一樣。我想起了上次喝酒時的微妙感受,那感覺的確可以稱得上美妙,而那熱鬧的場景也的確是我一直所追求的。

我們說著這些的時候，董小滿和安家寧還在說著悄悄話。

差不多九點的時候，夏誠提議去下一個地方，我說自己還要回宿舍，再說週六還有工作。夏誠一如既往沒再堅持，安家寧取來了車跟他先離開了，我跟董小滿站在路邊等車。

在等車的時候我忽然想到，每個人都有自己的目的，我之所以一直都是一個人，是因為其他人無法在我身上獲取什麼嗎？那夢真也是因為這個原因離開我的嗎？我不得不想到跟夢真在一起的點點滴滴，她給了我安慰，給了我目標，讓我得以度過最難熬的時光，可我又給她留下了什麼呢。時過境遷回顧往事，只覺得自己像是墜入一團迷霧中。

耳邊傳來董小滿的聲音：「在想什麼呢？」

「沒什麼。」我回應道。我的困惑說不出口，一來是跟董小滿剛認識，說這些未免太奇怪；二來是恐怕要說清楚這些得從小時候開始說起，我既無把握能夠說得清楚，也不確定她能否聽得進去。像我這般笨拙的人，內心所想的沒有辦法順利地變成語言，即使變成了語言只怕也變了味。十分的事我說出來只有三分，到別人的耳朵裡可能只剩下了一分罷了。

董小滿見我想事情想得出神，說：「怎麼剛說完一句話就又發呆了？說起來咱們第一次打照面還是在廁所呢。你不知道我在外面敲門敲了多久喔，後來發現門沒鎖，一開門看到你醉

倒在地上,嚇了我一跳。」

「如果可以,我也想換一個認識的方式。」我摸摸頭說。

「那好,就當我們今天第一次見面。」小滿伸出手,認真地說,「你好,我叫董小滿,初次見面,往後還請多多指教。」

「你好,我叫陳奕洋,初次見面,請多多指教。」我愣了一下,隨即伸出手去。

回到學校的時候,已經快十一點了。整個學校漆黑一片,沒有半點聲響,我視線所及範圍內只有三三兩兩幾個人走著。我看著宿舍的光亮,突然想起自從夢真離開後,就再也沒有人跟我說過這麼多話。回到宿舍後,我翻了翻手機,一條訊息都沒有。

當安靜再次襲來的時候,那種被大海所包圍的感覺也如約而至。明明北京的空氣就是無比乾燥,我卻彷彿還活在故鄉的那個小鎮,恍惚間竟然有下雨的聲音。當然沒有下雨,是我的腦袋出現了問題。經歷了熱鬧之後,我再也受不了孤身一人,可現下畢竟無處可去,我的思緒也越來越亂。最終所有的思緒都湧向夢真,像是所有的小溪都奔向大海。我想起一起走過的街道,想起她的長髮,想起她的側臉,想起她的笑容,想起在唱片行的第一次見面。慢慢地畫面開始失去焦點,身後的街景模糊不清,唱片行變成虛影,就連夢真的模樣也在變模糊。最

後夢真也消失了,所有的回憶畫面變成了一片迷霧。

當整棟樓的燈熄滅之後,我久久不能睡著。

宿舍裡的黑夜暗得不可思議,沒有一絲光亮,我在黑夜中睜開眼,跟閉上眼睛沒有任何區別。午夜之後的時間太過於漫長,長得足夠讓我的思緒無邊無際地四處閒逛。我想到了安家寧和夏誠,不由得想像著如果夢真此刻在我身邊會是什麼情形。如果此時此刻夢真還在身邊,我的生活就不至於如此地單調了。我們會在新世界裡一同前行,身旁擁有彼此的陪伴,不會存在什麼不安,也不會存在迷茫。可是夢真已經不在這裡,我甚至不知道她身在何處。曾經的憧憬和嚮往失去了意義,通往那個世界的大門隨著她的離開就已經關閉了。

我在腦海中想像著下雨的聲音,想像著雨水打在玻璃上,打在草地上,可就連下雨的聲音我都想像不出來了。腦海中所有的雨都落進了包圍我的海裡,遙遠而又無聲無息。

CHAPTER ———————————— 03

沒有時間的鐘

我越發無法忍受孤獨,可大多時候卻又無處可逃。
　　我試著按照夏誠的方式去看待周遭的世界,可依然搞不懂人們所想的是什麼,依然對人際關係充滿困惑。我不由懷疑夏誠所描述的方法是否適合我,說到底我也沒有他那麼聰明。

　　自從氣溫驟降之後,他就很少來上課了,我們在學校很少能夠見面,但他喝酒時的確也會叫上我。通過夏誠,我多少學會了在喝酒的場合應該做的事。其實這算不上特別困難的事,即便對我來說也是如此,靠著酒精我輕而易舉地融入了這些場合,從某種角度上來說,是身體裡的另一個我發揮了作用。在這時黑夜才顯得不那麼漫長,只是哪怕我無比想要喝酒,也找不到除他以外能夠喝酒的人。

只要變回白天的自己，我就依然沉默寡言。我照常上課，照常工作，按照時間表生活，至於生活到底有什麼意義，我絲毫想不明白。書店的工作還算空閒，我邊工作邊讀完了幾本書，只是進入書本所描述的情景需要花費的時間越來越長，以前只需要拿起書就可以讀下去，後來需要半個小時的準備時間，到最後只有在書店的時候還能抽空讀上一些，其他的時間我都提不起勁翻幾頁書。

　　一月一到，就立刻迎來了期末考試。

　　夏誠認真起來，我也把自己置身於圖書館，恍惚間覺得這才是大學應該過的日子。但遺憾的是，這種感覺隨著期末考試結束就很快消失了。說到底，或許我是那種必須被逼迫著才能做一件事的人。

　　考完試後，我訂了回家的火車票，舍友們都對回家這件事歡呼雀躍，像是終於迎來了解放一般。唯有我覺得迎接我的是牢籠，根本不知道怎麼面對自己的父親。

　　果然，回到家中，父親只是說了一句「你還知道回來？」除此之外，一句話沒再多說。母親也順著父親的意思，沒有跟我多說話，我宛若家中的局外人。可過年期間又免不了跟父母一同走親訪友，親戚關切地問我在大學的生活怎麼樣，父親便搶先回答說一切都好，這之後的話題總會轉為對父親的誇獎，這其中連一句過渡的話都沒有，這是大人所特有的一種天賦。

我只能這麼想,並且沉默地配合。

　　即使家中的氣氛讓我覺得壓抑,我也沒有去其他地方。大多時間我把自己關在房間裡,用上網來打發時間,我不想去任何地方,任何地方都有夢真的影子。

　　唯有回鄉下看奶奶的時候,才會覺得不那麼壓抑,這成了我唯一的安慰。

　　我提早三天回到北京,放完行李,天剛剛黑下來,夏誠說晚點一起去喝酒,時間還早,就想著去書店看看。

　　「怎麼這麼早就回來了?」姜睿問道。

　　我胡亂編了個理由搪塞過去,又問他:「你怎麼也這麼早?」

　　「家裡待不下去。」他說道,「情況有些複雜。」

　　我察覺到他語氣裡的為難,便沒有問下去。接著我們聊了一會兒關於書店的事,聊完他就忙工作的事去了。我隨手拿起一本書,只是看了幾頁就看不下去了,大概是沒有看書的心情,於是端詳起窗外的風景。

　　書店在大學城的西邊,這裡是我們附近最熱鬧的地方。商場就在書店的右手邊,電影院、電玩中心、各種商店一應俱全,商場的另一邊是一條小吃街,小吃街的盡頭有一家旅館。

　　街道上來來往往的清一色都是學生,大多都帶著輕鬆的笑

容，牽手走過的情侶大概是想去看電影，雖說冬天還沒徹底過去，但分明呈現出一種春天即將到來的氣息。跟街道上的人群比起來，來書店的人就少了許多，即使是來了，也大多不會買書回去，人們來這裡只是為了在等人的空隙裡順帶打發時間。看完窗外的情景，我又強迫自己看了會兒書，好不容易看完了半本，一看手機正是晚上八點。小吃街變得格外熱鬧，喝著啤酒的少年們身邊通常都坐著一兩個少女，少年們都做著極為誇張的表情，女孩們笑臉盈盈地看著他們，好不熱鬧，這一切都讓我心生羨慕。

　　此刻的書店就顯得格外格格不入，為了過濾掉旁邊電玩城傳來的音樂，姜睿（因為他工作認真，老闆很喜歡他，把他當成半個店長來看待）就放一些舒緩的歌來調節氣氛，他放的歌我幾乎都沒有聽過，也只是這麼聽著，但有一首我越聽越喜歡，往後跟姜睿成為室友後我才知道這首歌叫作什麼。

　　臨近九點時，幾乎每個人的心思都不在工作上了，大家談論著一會兒收工後要做的事。我也想著要去喝酒，姜睿卻認認真真地站著，他一言不發，認認真真對著本子，看樣子是在算銷售量。

　　這時走進來兩個少年，說話聲音極大，旁若無人地說著笑話。他們隨手拿起幾本書翻了幾頁又不屑一顧地扔了回去，大家對這些事情習以為常，只有姜睿走了過去，一臉嚴肅地說：

「這裡是書店，請不要大聲說話。」

他每次都這麼說，但幾乎沒有管用的時候，雖說大多人在他說完之後的確會小聲一些，但過不了多久又大聲說起話來。大多數都還不至於因為姜睿說了這句話跟他起衝突，這次是例外。其中的一個高個兒男孩說：「這裡都沒人了，憑什麼不讓大聲說話？」

「就算沒什麼人了，這也是公共場合，是書店。」姜睿說，從細微的表情中可以看到他的立場堅定，「還有請你愛護書本，不要隨便弄出幾個褶子。」

「神經病。」那個男孩說，「隨便翻幾頁書還這麼講究。」

「有很多讀者就是想買一本嶄新的書，你破壞了他們的閱讀體驗，這很重要。」姜睿說。

「你看這個神經病說什麼，」高個兒輕蔑地笑了起來，對著矮個兒男孩說，「一個破書店還這麼講究。你以為你是誰啊，我還就亂翻了，你能怎麼著？」

一位年長的同事趕緊走來打圓場，好言好語對兩個男孩說話，言語裡都是歉意，讓姜睿也跟他們道個歉。姜睿怎麼說都不肯，他站在原地，帶著「不可思議」的神情說：「是我的錯嗎？」

四個人就這麼僵持著，我聽到其他同事的竊竊私語，他們說著：「都快要下班了，道個歉不就行了嘛。」「就是啊，這

麼僵著我們也不能早走啊。」「姜睿這個人也是，他不嫌麻煩我還嫌麻煩呢。」

還好事情很快就平息了，兩個男孩要等的人在門口叫他們，他們也就沒再停留，留下一句狠話罵罵咧咧走了。正是那些之前還埋怨著姜睿的人，笑吟吟地走向他：「你做得對，這種沒有公德心的人就不應該給他好臉色看」，「這年頭的年輕人真的不行了，一點素質都沒有。」他們說著諸如此類的話，跟剛才還在抱怨的模樣簡直判若兩人。

轉眼間書店又是一副其樂融融的模樣，像是剛才什麼事都沒有發生一樣。人有很多副面孔，並且可以無縫對接切換自如這件事，即使我已經接觸過多次，但還是覺得詫異和困惑：人們心懷鬼胎，擺上合適的表情，說著合適的話，並習以為常。

下班後我想著跟姜睿說幾句話，但他似乎已經調節好了情緒。

其他人很快就走了，他照常巡店，把所有被弄亂的書都擺回原處，似乎完全沒有被之前發生的事所影響。

自那以後，我注意到一件早就應該注意到的事。

同事們都有意無意地疏遠姜睿，他的認真反倒成了一件不討喜的事。

在越來越多的人對工作敷衍了事的時候，他依然從不偷懶，也似乎從不疲憊，像上緊了的發條，做事一絲不苟。

一個月後發生了一件類似的事，讓我決心搬出宿舍。

像是蝴蝶效應一般，在這之後我的生活發生了巨大的改變。

事件的起因很簡單，舍友看上了班裡的一個女同學。

「不錯吧，這個女生。」他給我們看那個女孩的照片，「可以打九分。」

「還不錯。」我敷衍道，對照片裡的女孩並沒有特別的印象。

「看起來挺好追的嘛。」另外一個舍友說道。

「我也覺得。」他說。

不知道他們這個結論從何得來，我從她社交網路的主頁裡看到的，只是一些日常的照片和自拍而已。

隔了兩天，他就發動了攻勢。他搜索了很多所謂的追女孩的技巧，一直在網路上看這樣的帖子。「憑什麼她不收我的禮物？」沒多久他垂頭喪氣地回到宿舍這麼說道。

「哎呀，漂亮的女孩哪能那麼容易接受你的禮物，不得假裝矜持一下。」

「你繼續送，我就不信她還能裝多久。」

他們這麼討論著。

「你看看這個。」另一個舍友指著網頁上的一條動態，「要不你也試試高調表白，別整什麼小禮物了，直接準備點蠟燭和

花,搞一場大型的表白算了。」

「能行嗎?」他問。

「對她這種故作清高的女生肯定有用,」舍友說,「再說你送那麼多小禮物不覺得費錢嗎?擺個蠟燭才多少錢。簡單直接,別再費勁了。」

我並沒有把這些事放在心上,直到一天週日從書店回到宿舍,遠遠就看到一陣人群騷動。走到樓下時聽到舍友正拿著喇叭高喊女生的名字,又用了很多關於永恆的詞彙,大致是「海枯石爛」「天崩地裂」「永遠愛你」這樣的詞。喊了大概十五分鐘,全宿舍的男孩子都來了興致,大家一同參與圍觀,並且都被這氛圍感染了般高呼「答應他,答應他」,我不知道他們的熱情哪裡來的,看起來好像他們才是當事人一樣。

過了許久,那個女生才下樓,一臉困擾的模樣。這神情反倒讓圍觀的人和舍友更起勁了,以為這是「欲擒故縱」的招數。我看得出她的為難,僵持了一會兒,她才鼓起勇氣說道:「對不起,我不能跟你在一起。」

「哎,別掃興啊。」人群中傳出這麼一句。

女孩聽到這句話下意識地後退了一步,眼神裡閃過一絲委屈。舍友靠近了一步,顯得彬彬有禮,他擺出一臉誠摯的表情說:「我愛你,我會對你好的。」

我至今仍記得那個女孩的表情,在蠟燭的映襯下反倒顯得

蒼白，她的神色看起來是如此慌張，又是如此不知所措，或許她還是第一次見到這樣的場面，或許她也不知道該怎麼拒絕，畢竟說「不」就相當於跟在場圍觀的所有人為敵。我耳邊浮現起舍友對她的評價：「這種女孩很好追的嘛。」

女孩的猶豫和糾結讓圍觀的同學們再次騷動起來。

「快點啊。」人群中又響起了這樣的聲音。

女孩的身體開始顫抖，面對著咄咄逼人的氛圍，流著眼淚說了一句對不起後，倉皇地逃回宿舍。剩下舍友留在蠟燭的正中央，他前一秒的彬彬有禮瞬間不見了，取而代之的是怒火。人群作鳥獸般散去，臉上掛著看完熱鬧後的那種心滿意足。舍友回到宿舍後，第一句話是：「裝什麼裝，居然讓老子出了這麼大的醜。」

第二天，流言就開始傳遍學校，但版本換了一個模樣。舍友變成了受害人，他的一片真心錯給了人，而那個女孩仗著自己漂亮，不把我的舍友當成一回事。只不過一個下午的工夫，流言又換了一個版本，女孩變成了一個「蕩婦」，說她在外邊有好幾個男人，更有人說曾經看到她上了一個中年男人的車，不知道她在背地裡做什麼呢。班裡的幾個男生說起這些來，居然能把細節都說得栩栩如生，那表情宛若身臨其境一般。我的舍友裝出一副難過的樣子，還得到了同學的安慰。

他難過嗎？我不知道，但他回到宿舍也只是立刻玩起了遊

戲，遊戲打完又對新的女孩打起分來。

那個女孩自此就變得不再重要了，她變成了談資，變成了一個標籤式的存在，在眾多的版本中，她到底是誰她的名字到底是什麼，已經沒有人在乎了。

想到這些我如鯁在喉，不願意回憶的那些場景又浮現在眼前。

到了夜晚，第二個夢境如約而至，夢裡是初中時的畫面，我正浮在空中，看著幼小的我一個人走在回家的路上，身後的人正在說著話。他們的神情逐漸變得猙獰，身體也變成了惡魔的模樣，眼神裡充滿著不屑。他們的嘴裡正吐著刀子，眼看那刀子就要落在幼小那個我的身上時，我發出一聲怒喊：快逃。

我驚醒過來，聽到舍友的怒罵：「神經病吧你，大晚上的喊什麼喊。」轉頭他又呼呼睡去。

我什麼話都說不出來，像是吃了什麼不易消化的東西一樣，整個人都呼吸不暢。腦袋裡只有一個念頭，我不能再把自己置身於這裡。

至少要搬去一個能讓我呼吸的地方。

晚上九點我跟夏誠見面，他選了一個能看足球賽的地方。喝酒時我跟他說了要搬出來的念頭，「你住我那裡去就好了。」他說。

「我自己找房子住就行,只是問問你有沒有什麼熟悉的房源,再說這樣也不方便,安家寧不是經常去你家嗎?」我說。

「我無所謂的,她肯定也是一樣。」

「不了,」我堅定地說,「不想麻煩別人。」

「好好,」他說,「不過我支持你搬出來,像你這麼實在的人,肯定免不了被欺負。」

「不是這回事。」大概是我之前的語氣讓他這麼覺得,怕他誤會,我趕忙解釋道,「真的只是想換個地方住。」

「你得改改你的性格,別那麼好說話,」他只當我是掩飾,說,「要堅硬一點,給自己安上一個殼。」

「安上一個殼?」

「這樣才能不被別人傷害嘛。」他說,「很簡單,要想不受到傷害,就得對一切都毫不在乎,或者只在乎那些你能把握的東西,要做到這點,就得用一個堅硬的殼把自己的內心包裹起來。」

「那豈不是像烏龜一樣。」我笑了起來。

「明明是鋼鐵俠,」他說,「你最近沒去看電影?就去年上映的那部。」

「還沒。」我搖頭。

「你看了就知道了,就是一個高科技的盔甲,套上那個盔甲以後就所向披靡。」他的視線看向前方,又看回我,說道,

「就能想做什麼就做什麼,受人尊敬,萬人景仰,並且因為你有能力,沒人能對你說什麼。」

我那時還沒有看《鋼鐵人》,還不明白東尼套上這層盔甲是為了保護自己心愛的人,很顯然夏誠要說的完全不是這個意思,他在意的只是所向披靡這件事。

「這對你來說很重要嗎?」我問道。

「對每個人來說都很重要的啊。」他說,「人往高處走,這是生存本能。」

電視裡正放著西甲(應該是西甲吧,我對這些搞不清楚),不知道是哪個球隊進了球,酒吧一片歡呼。夏誠也舉起酒杯喊了起來,接著對我說:「你看足球賽為什麼這麼讓人著迷,因為它道出了社會的本質,社會的本質就是競賽,有能力的人就能贏得比賽,輸的人就只好受人唾罵,接受球迷的頤指氣使。」

「聽起來還真是殘酷。」我說。

「就是殘酷的,」他說,「冷漠又現實,世界就這樣,只有結果才重要。你看誰會記得輸了比賽的人?他們也不可謂不努力了吧,但態度這件事跟結果比起來誰在乎呢。」

「所以你的意思是,人活著就要贏得每一場比賽嗎?」

「當然。」他叫來服務生又點了一杯酒,我也跟著要了一杯。

「爬到聚光燈下面的人,才會有人在意他們的人生,難道

不是這樣嗎？」

「可如果那些人只是假意奉承你呢？」我問道。

「這無所謂的，虛情假意是這個世界能夠表面平靜的準則，如果每個人都在意這些，社會豈不是都亂套了？再說，他們的真實想法能改變你的人生嗎？虛情假意也好，真情實意也罷，表面上的表現不都是一樣，又為什麼要去在乎？比起虛情假意，無人問津才是最可憐的。」

我不知道如何反駁，說不上來他的想法是對是錯，或許這世界上壓根就沒有絕對的對錯可言。同時又覺得夏誠的話有一種說不出的尖銳，我疑惑平日裡那個親近幽默的夏誠去了哪裡。或許銳利才更接近於他的本質。

「那要用什麼樣的方式呢？」我說。

「你想想構成比賽的東西是什麼？」他反問道。

「比賽規則？」我試著說出答案，但並無把握。

「沒錯，」他說道，「還有裁判和隊員。你掌握好這個世界運轉的規則，再跟身邊的人打好關係，贏得比賽的機率就會大上許多。」

「這是你為人處世課堂裡的一堂課嘍？」我說。

「當然，而且是必修課，有時候就要在規則中找一些能夠快速通關的辦法。」他說這話時嘴裡發出類似打響指的聲音，我注視著他的臉，但看不出任何表情。他抽菸時我就想著他所

說的話，不知道為什麼想到了姜睿，我沒有根據地覺得，如果是姜睿去踢一場比賽，他一定是那個磨練自己腳法的人。

　　喝到快十一點的時候，他便喊來服務生結帳，說喝到這個點兒正是可以去下一場的時候。

　　我們接著去的酒吧相當吵鬧，說話都聽不清楚，夏誠介紹完他朋友的名字後又加了一些頭銜，這些我都聽不懂，但也知道畢恭畢敬地敬酒。很快大家就是一副熟絡的模樣，就像是我們很早以前就認識了一般。僅僅是通過敬酒這個舉動就能讓距離感消失得無影無蹤，人際交往中還有什麼比這更輕鬆的事嗎？

　　這之後我就想著要搬家的事，一直都找不到合適的房子。

　　一個人要住在校外所需要的花銷遠比我想像的更多，我不得不再次感嘆夏誠的優渥。無奈之下，如果有課我就儘量晚回宿舍，等到快熄燈才回去，等到週末就跟夏誠喝酒，喝到四五點後再去他家借宿。

　　我原以為這個家都是安家寧佈置的，自然也有她生活的痕跡，但無論是哪兒，都看不到她的痕跡，唯一能體現出安家寧存在的，只有那情侶樣式的牙刷杯和拖鞋。

　　奇妙的是，見到安家寧和夏誠在一起的時候，我又能感受到他們之間的愛意存在。那種特屬於情侶之間的默契，他們的相處模式，他們的對話，無一不體現著他們的感情深厚，我尤

其羨慕安家寧看夏誠時的眼神,那種全世界裡只有你在閃光的眼神,我絕不會認錯。

或許他們之間的相處模式就是這樣吧,不需要太過佔據彼此的空間,也能讓彼此的感情不變。真是讓人羨慕,我想。

就這樣三月過去,四月到來。

北京的風終於暖和起來,樹葉也重新發芽,一切都是充滿生機的模樣,走在路邊居然能看到花了。湖邊的鴨子又回來了,牠們比去年我見到時好像長大了一些。

夢真出現在我夢裡的次數少了許多,或許這也是酒精的作用,靠著夏誠,我學會了喝到微醺的訣竅。夜晚時的我是一個更放鬆的自己,靠著酒精、音樂、香菸和昏暗的燈光,我沒費太多力氣就把困擾的事情拋之腦後,在這樣的場合,我陷入了一種類似於混沌的狀態,開心起來是一件很容易的事,思考自然也沒有存在的必要。

跟舍友格格不入,書店裡,人們迅速翻臉的態度,從未找到自己在這個世界的位置,唯一理解我的人離我遠去⋯⋯這些事都無關緊要,只要有酒精就好,至少到了夜晚就會有人陪伴。

這是如夏誠所說的充滿熱鬧的世界。在這個世界裡,男男女女聚在一起,即使是第一次見面也不會生疏。所有人都像是戴著面具,面具下真實的面目不再重要,或許有人會對這樣的

世界充滿不適感，但我卻覺得自在，這代表著我不必小心翼翼地對待周圍的人。與此同時，他們還會在喝酒之前對我表達恰到好處的關心，那說話的語氣在酒精的襯托下極為真誠。

這麼想來，酒精是醫治我這種人的絕妙良方。它既讓我忘記了他人的想法有多麼可怕，又讓我釋放出了完全不同的自己，從而交到了一些朋友，同時還能讓黑夜變得不那麼漫長，一舉三得。

我的面孔也不再那麼乏善可陳了。

這是我在刷牙時突然發現的事，誠然，鏡子裡的自己還是那張臉，但仔細辨別就能看出區別。因為許久沒有理髮的緣故，頭髮長了許多，如果不仔細打理，甚至可以擋住我的眼睛。以往我都會固定地找一個時間理髮，但現下覺得這樣的髮型也不錯。我好像瘦了一些，鼻梁顯得高了起來，兩邊的顴骨也更高了，從側面端詳自己的臉，有種堅毅的錯覺。只是眼裡沒有什麼神采，並不是因為宿醉而沒有精神，更像是顏色從我眼裡消失了，原本漆黑的瞳仁如今看著顯得有些透明。

我深吸一口氣，把自己拉回現實，再次看向鏡子裡的自己。

我試著回憶夢真的樣子，這還是這些日子以來我第一次主動回憶夢真。果然，我恍惚間有種錯覺，回憶裡的吳夢真和陳奕洋，只是兩個陌生人。

這感覺並沒有讓我詫異，反倒讓我心滿意足。我找到了遺

忘的辦法，找到了自己的安居之地，或許這就是這個世界的規則，每個人都在成長中變成另外一個人，沒有什麼好大驚小怪的。我很快說服了自己。

這樣的日子又持續了一段時間，白天，我眼裡的世界變得更透明了，夜晚，我眼裡的世界才有了些許色彩，這種色彩是酒吧裡橙紅色調的射燈，是透著酒瓶看到的曖昧色調，是深夜走在最繁華的街道上看到的黃色出租，在黑夜的映襯下，這些色彩讓人恍惚，讓人沉淪。

孤獨，理解，未來，為什麼要去思考那些讓人困擾的事情呢？何況，我並不孤獨，當時我這麼告訴自己。

我以為自己終於融入了新世界。

在這之後不久，我的世界裡出現了董小滿。

CHAPTER ——————————— 04
在你的心上向外跳傘

四月底的一天，我正在書店打工，書店每天的氣氛都差不多。大部分人走馬觀花似的翻上幾頁書，過不了多久就翻起了下一本，再過一會手機響起來，他們便隨手放下書本轉身離開。

　　中午擺好的書架，只過了一會兒就會被弄亂。我瞥見有一本書被隨意地擺在了一邊，橙色的封面頗為顯眼，料想是哪個顧客翻了幾頁，就丟在了一邊。

　　我想著把這本書放回去，拿起時順手翻了一頁。

　　「時間帶不走的有兩樣東西，一個是跟自己相處的能力，一個是跟你步調一致的人。我們獨立，在各自的道路上奮鬥，彼此看一眼都是安全感。」

　　我一眼就看到了這句話，總覺得有些虛無縹緲，跟自己相處的能力是什麼，又為什麼這樣會給人帶來安全感，我暫且弄

不清楚。我也只是想了一會兒就不再想下去了。不必每件事情都想清楚，這樣只是自尋煩惱，這是我最近的心得。

　　我打算再翻幾頁，突然感覺到窗外有人跟我打招呼，定睛一看才發現，是董小滿。我跟她已經快半年沒有見，她的打扮依然看似簡單卻又恰到好處，穿著整體是淡藍色的色調，腳上是一雙白色的球鞋。頭髮剪短了些，襯得她的眼睛大而明亮，那眼神裡散發著我所沒有的神采，跟窗外的景色相得益彰。我注意到她耳朵上的耳環很好看，但又不是那種看起來會晃眼的顏色。她身上散發著一種自然而又不做作的氣息，給我的感覺就像是春天新長出的小樹苗。她看到我的視線後，就笑了起來，那笑容點綴著她的臉龐，散發出一種久違的清新感。

　　「我之前就看到你了，」她走了進來，走到我身旁說，「好像是十二月底的時候吧，我路過的時候看到過你幾次，看你盯著書出神，就沒有打擾你。今天恰好路過，又看到你了。」

　　我心想那陣子還看得進去書，甚至可以說書是我生活裡唯一的樂趣。

　　「怎麼頭髮這麼長了？」她問道。

　　「有段時間沒理了。」我說。

　　「最近怎麼樣？」

　　「還不錯。」我答道。

「那就好，」她笑著說，「你好像變化挺大的，不只是髮型。是什麼詞來著，哦，對了，氣質改變了嘛。」

我不知道該說什麼，她環顧四周，像是想起什麼似的回過頭問我：「哎，給我推薦一本書吧，說起來我好久沒讀書了。」

「喜歡什麼類型的？」我問道。

「春天應該讀一些溫暖的書，」她想了想說，「就愛情類型的吧，但是我要看一點兒特別的，那種完全心靈契合又心意相通的戀愛。」

「戀愛不都這樣嗎？」我說。

「有嗎？」她故作神秘地說，「我可不這麼覺得哦，現在到處是充滿戲劇化的故事，人們在乎的是情節有多曲折，壓根不在乎戀愛時的心理活動。」

「心理活動？」

「心動的瞬間，心動後的糾結，愛上一個人之後的自卑，想靠近又不敢靠近的感受，這些才是戀愛的精髓嘛，我想看的就是這樣的故事。再次提醒，不要給我推薦灑狗血的書哦，戀愛的偉大之處可不是非得生離死別才能體現的。」

我一時間想不起來曾經讀過這樣的書，還好就站在書架邊，我順著視線望過去，看到了曾經讀過的一本書，就拿起來遞給她。這本書叫作《傲慢與偏見》，我至今仍不知道為什麼選了這本書，或許是潛意識發揮了作用。

「謝謝！」她接過書說道，「這本書我還一直沒看過呢。」

「你應該會喜歡。」我說，其實心裡也沒有底，書裡的故事我已經忘了大半。

「你下週末也在這兒打工嗎，都幾點收工？」

「在的，一般九點半收工。」

「那我們就約下週六的九點半吧，在前邊的咖啡廳見面。」她笑著說，「如果這本書很好看的話，請你吃飯。」我很久沒有看到這樣的笑容了，那是無比生動的笑容，她笑起來的眼神也像閃著光。我突然想起喝酒時大家的笑容都藏在燈光裡，眼神壓根是看不見的。這讓我有些恍惚，人笑起來的時候眼裡應該是閃著光的嗎？

「好啊。」我說，「不過也沒有必要特地──」

「當然有必要。」董小滿抬起手打斷我，說，「一本書能帶來很多東西呢，你不覺得嗎？」

「嗯。」我答道，為自己許久沒翻書而心虛。

我對眼前的書本視而不見是從什麼時候開始的？

「對了，這本書我也買。」她指了指我剛才順手翻的書，「我覺得跟這本書有緣分，如果我今天不出門就不會想到來書店，如果你不是正好拿著這本書，我也壓根不會注意到它。」

「很有趣的想法嘛。」我說道。

董小滿走後，我也買了一本《傲慢與偏見》，想著應該把

這本書再讀一遍。這本書我還是很小的時候讀的,如今已經忘了裡面的故事。下班時跟姜睿打了個照面,他問道:「怎麼想到讀這本書?」

「很久沒有讀了,裡面的故事都已經不記得了。」我說。

「好的書是應該多讀幾遍的。」他贊許地說。

九點半剛過,夏誠就打來電話,邀我晚上去喝酒。

到他家時,他也差不多準備出門,見我手裡拿了本書,打趣道:「怎麼,準備一邊喝酒一邊讀書?」

「打算過兩天看。」我放下書說道。

「也是,你在書店工作,整天跟書打交道。」他說,又照了下鏡子,細心地整理衣服上的褶皺,任何細節都不放過。

「你最近還經常看書嗎?」我想起夏誠的書櫃上擺著許多書,幾乎都是管理類和心理類的,卡內基的全集很厚,放在了中央,有一次我順著書架看過去,赫然看到一本《資本論》。

「看啊,你別看我這樣,我還是會讀書的。」他又看向我手裡拿的書,「不過很少讀你拿回來的這種類型的書,派不上用場。」

「派不上用場?」我疑惑道。

「沒有立刻能用上的技能,那些故事也不一定記得住,過了一段時間就忘了。」他說。

「嗯。」我點頭。

「一個人讀什麼樣的書,基本上就能看出他想成為什麼樣的人。」夏誠似乎想對自己的看法做出補充,說道,「反過來也一樣,一個人是什麼樣的人,才能讀得進去什麼樣的書。你手裡的那本書,看起來就不像是我能讀進去的。對我來說,性價比太低了。」

夏誠說的話我總是需要琢磨一會兒,但我沒能想多久,他就催促我趕緊出門,我便回到房間裡整理髮型去了。

直到下個週六快要到來的時候,我才想起還沒有把《傲慢與偏見》讀完。

我這一週都幹了什麼來著?我努力回想,但除了酒局和上課以外,想不到自己還做了什麼事。我好像只是不停地上網,社交網路上流行起一個叫「偷菜」的遊戲,到點兒就能偷別人家的菜,以此獲得積分。仔細想想這個遊戲好像一點兒意思都沒有,可我還是樂此不疲地玩了很久,明明手頭就有一本書要讀。

到了週六,我難得起了早,九點半就醒了,夏誠還在睡覺,我便小聲洗漱。趁著還有些時間才需要工作,就想到去圖書館把剩下的書讀完。在走到學校的路上,我發覺週末的清晨有一種跟夜晚截然不同的愜意,到圖書館時發現人還不多,我關掉手機,強迫自己讀書。

這是一種全然不同的氣氛，身邊的人也感染到了我，我很快就把這本書讀完了。環境在某種意義上完全能影響一個人，我想起了小時候聽說的一個典故，一個偉人可以在菜市場安靜地讀完一本書。偉人之所以是偉人，就是因為他們做了常人所不能做的事吧，算了，我做不了什麼偉人，能在圖書館安靜地讀完一本書已經讓我心情愉悅，真是一種已經久違了的感覺。

　　一到下午，整座城市就又規律而喧鬧起來，這讓我覺得上午去的圖書館簡直像是另外一個世界。一切又回歸了之前的模樣，書店裡，人們說話的神態、翻書的表情，甚至於窗外絡繹不絕的人群都是一樣。暢銷書架上幾乎擺滿了關於旅行的書，不是誰又去了什麼地方做沙發客，就是誰揹上行囊遠走他鄉，有些書的書名只差了幾個字，但不妨礙人們買下這些書。也就這兒有一些人了，相比起來，在名著區徘徊的人少之又少，可以說是到了無人問津的地步。

　　我想起夏誠說的話，一個人讀什麼樣的書，基本上就能看出他想成為什麼樣的人。或許一個時代流行什麼樣的書，基本也說明了這個時代的特徵是什麼。

　　晚上九點不到，董小滿就出現在書店，我問：「怎麼來這麼早？」

　　「也沒什麼事做嘛，」她說，「過來轉轉，順便等你下班。」

　　說完，她就自顧自地走到書架邊，看樣子是又挑了兩本書，

付完錢她衝我招招手，意思是先到咖啡廳等我，我點頭。

　　這家咖啡廳很小，只有六張雙人桌。眼下也只有四個人坐著，大家都在小聲說話，顯得極為安靜。我剛開始還有些詫異，直到瞥見收銀台邊睡著一隻小貓。一隻灰色的小貓咪，長得極像招財貓，睡姿也像，頭磕在桌上，爪子蜷在頭邊，耳朵時不時地動彈，但眼睛沒有睜一下，看樣子睡得很熟。董小滿坐在窗邊，我也跟著坐下，桌面很整潔，一旁有一個書架，書架上擺著幾本書和綠植。牆漆成了漂亮的綠色，是那種樹枝長出新芽的嫩綠色，燈光是暖調的黃色，因此，整體顏色剛剛好，不會覺得刺眼。

　　「第一次來的時候我就想著，將來開這樣一家咖啡廳該有多好。」董小滿說道，接著便給我推薦這裡最好喝的幾種咖啡。

　　「的確很不錯。」我由衷地說。

　　「我這個人不情願坐辦公室，那種生活不適合我，要賺很多很多錢這種想法也沒有，就想開一家咖啡廳，佈置成自己想要的樣子，簡簡單單。」她說道。

　　「挺好的。」

　　「你呢？」她饒有興致地看著我。

　　「不知道。」我我只好實話實說，「目前我還沒有找到真正喜歡的事，但也不想坐辦公室。」

「你也不喜歡那種生活嗎?」她說道,「我總覺得那樣的生活缺乏想像力。」

缺乏想像力,我在心裡重複了這五個字。

「不過話雖這麼說,到時候可能也免不了坐辦公室啦,」她補充道,「說到底只不過是一個想法,道路漫長得很呢。」

「我沒想那麼多,」我想了想說,「只是單純不喜歡,不太擅長與人打交道,身上也沒有什麼閃光點,普普通通,恐怕適應不了那種競爭的氣氛。」

「我不覺得你沒有什麼閃光點,」董小滿認真地說,聽得出來她語氣裡的誠懇,「就沒有人說過你很認真?」

很認真?從來沒有人這麼形容過我。

「每句話都很認真,打招呼的時候很認真,別人開玩笑的時候你也很認真,滿臉嚴肅。」她看著我說。

「也不是認真,有時候我不太明白人們到底在想什麼,新潮的東西我也不是很瞭解,所以需要反應時間。但一旦有反應時間,那個話題就過去了。」

「也很坦率。」她說,「你不掩飾自己。」

我沒做任何回應,覺得任何回應都不恰當,只好沉默不語。

服務生端來咖啡,董小滿道謝後邊喝咖啡邊看著窗外。我也跟著一起看向窗外,依舊是散不去的人群,小吃攤一副熱鬧

的景象，隱隱約約傳來了電玩城的音樂聲。我轉過視線，那隻小貓不知道什麼時候睡醒了，此時此刻不知道到哪裡去了。

「這本書的故事我很喜歡。」董小滿打破沉默，說，「不好意思，剛才想別的事去了。」

「沒事。」

「我總覺得現在有點不太一樣。」她說。

「什麼不太一樣？」我不知道她怎麼突然說這個。

「我喜歡達西，喜歡伊莉莎白，喜歡他們內心的糾結，喜歡他們突破了傲慢與偏見，達成了真正的理解。看完這本書後我又想了很多，」她說，「聽聽我的想法？」

「嗯。」我點頭，等著她要說的話。

「因為一些原因，嗯，抱歉現在不方便說這些，我直接說結論好了，你不介意吧？」

「當然不。」我說道。

「小時候經歷了一些事情，讓我一度懷疑愛這種東西是不存在的。即使存在，也不會發生在我身上，」她說，「忘了是哪天我的父親說了一句話，『如果你自己都不堅信一件事情的存在，那麼這件事就永遠不會發生在你身上』，說實話，這句話從他的嘴裡說出來一點信服力都沒有，但也不知怎麼的，這句話就種在了我的心裡，或許是隨著成長，察覺到了我父親對我笨拙的愛，這段時間內還發生了另外一件事，讓我重新對未

來有所期待。」說到這裡,她停了下來,喝了一口咖啡,笑著問我,「說了這麼多,還是沒有說到重點,該不會聽不下去了吧?」

「怎麼會,聽得正是最認真的時候。」我說。

「那我繼續說了,不說我父親了。總而言之,我相信了他的那句話,並且把這句話當成人生準則,可最近我發覺這句話有點兒不對勁,身邊的好朋友,包括我自己,都沒有得到想要的愛情。」說到這裡她停了下來,像是在看我的反應,見我沒有產生任何疑惑就繼續說道:「我一直在等一個人,那個人要理解我,要知道我的心裡想的是什麼。就像是發生了一件事,他會不管對錯,堅定地站在我身邊,但這樣的人我一直都沒有遇到。上學期快結束的時候,我們聊到感情的事,舍友對我說『這年頭你哪能等人慢慢瞭解你呀,等到那時候,他早就想著另外一個人啦』,她說得像是起床洗漱一樣輕描淡寫。你可能不懂,對女孩子來說,這種話就相當於晴天霹靂一樣。我總覺得不該是這樣,就一直想著這句話。」

我認真地聽她說著,她稍微停了一下,眼眸轉動,像是要組織接下來要說的話。

「可後來我發現她說的是真的。每個人都好像有很多選擇,列出一堆條件,ABCDE,一條一條地打分,條件滿足了就可以在一起,互相理解、互相喜歡這些事不再重要了,這讓我覺得

有些可怕。」她說。

她喊來服務生，又要了一杯水，我意識到自己的水杯也已經空了，也加了一杯水。咖啡廳本來坐著的人不知道什麼時候走了，那隻貓咪又回到原處呼呼大睡起來。

「我恐懼的原因有兩點，像我說的小時候遭遇的事情就跟這點有關，另外一方面我覺得這樣的愛情太缺乏想像力了，那基本上只是隨便找個人搭夥過日子而已。」她繼續說道。

「想像力？你之前也說了這個詞，很在意這點嗎？」我問道。

「在意得不得了，」她說，「我最害怕的就是有一天思維僵化了，看什麼都一個樣，生活變成固定的模式。就像是每天坐一樣的地鐵，乘客就是那麼幾個，他們討論的話題也是那麼幾個，說一樣的話，開著大同小異的俗套玩笑，我還得樂呵呵地跟著一起笑。這種事讓我受不了。在我心目中，愛情可以讓世界變得有趣，它是一件驚天動地的事，因為兩個人會一起創造出全新的世界來。創造才是愛情的魔力，兩個人在一起什麼好玩的事都樂意去做，去探索未知的世界，去做很奇怪又任性的事，去海邊等日出，去沙灘撿貝殼，可現在的人呀，壓根兒就不在乎沙灘上有沒有貝殼這件事了。

「而且每個人的愛情應該都是不一樣的，各有各的精采和浪漫，可現在人們計較的都是得與失。當愛情都變成一樣的模

式，變成了表面的攀比，變成了打發時間的方式，那又哪來的期待呢？我覺得不對勁就是這些。」她說道，「讀完《傲慢與偏見》的時候，我就在想，或許人們用這種態度對待愛情，本身就是一種傲慢與偏見。」

「你看書的角度挺有趣的。」我佩服道，「很多人在書裡看到的都是別的，女性地位、婚姻關係，還有當時其他的社會現象什麼的。」

「因為心境不同吧。」她說，「不同的時間點讀同一本書，也會看到不一樣的東西。」

「或許生活的本質就是這樣，」我說，「因為尋求不得，所以退而求其次，不同的人想要的東西也不同。」

「我明白，可就是不想這樣。」董小滿說。

其實還有一句話我沒有說出口，就算真的尋求到了，也歸根結底要失去。這世上根本就沒有能夠永遠保鮮的感情存在。

「沒想到說了這麼久。」她說道，又看了看時間，有些不好意思地說，「都快十一點了，不過跟你說完這些，我發現其實我是有答案的。」

「我也很開心能有人跟我說這麼多，我時間也還算空閒，平時大概也只是在喝酒。」我說。

「最近一直在喝酒？」

「這一個多月來經常喝。」我說。

「幾乎每天都喝？」

「嗯。」

「喝到什麼程度？」

「喝到天亮吧。」我答道。

喝到事事圍繞著喝酒的程度，這句話我自然沒有說出口。

她似乎很感興趣，問了些喝酒時的情形，問我喝酒時都說些什麼。我便說喝酒的場合都大同小異，只不過身邊很熱鬧。我說起喝酒時發生的一件趣事，說到一半發現這件事突然變得索然無味起來，或許是現在的氣氛不對。

「這麼說來，好像平日裡你也不會見到他們。」她說。

我點頭，說：「像是在特定場合會出現的特定的人。」

「那很難稱之為朋友吧。」她說。

「也不是這麼說，我覺得大家相處得很愉快。」

「不覺得這樣缺乏了一些什麼？比如像朋友之間肆無忌憚地說心裡話，喝酒也是應該跟朋友一起喝才真的開心，聽起來你連他們的名字都沒記太清楚。」

「我想我不需要這些。」我說。

「怎麼會不需要呢？」她驚訝地反問道。

怎麼會不需要呢？我想起曾經我是多麼渴望與人互相理解，可一旦無法遇到，隨之而來的就是偏見和痛苦。就算平日裡沒

什麼聯繫也沒什麼不好，至少喝酒時大家表現得還算是熟絡的樣子，當然說不了心裡話，內心深處的想法可能永遠不會跟他們說。但這又怎麼樣呢？人們之所以在黑夜裡製造光明，不就是為了抱團取暖嗎？這種溫度雖然比不上與人相擁，或者是被人理解，但也夠用了不是嗎。對於我來說，只要讓我不孤獨就好了。

我在心裡想著這些。

「其實我有這樣的一種感覺，感覺你的心思並不在喝酒這件事上。」董小滿認真地看著我，那模樣像是要把我整個人都吞進她的視線裡，「可能是因為我經歷過一些事吧，所以看人總是看得仔細些，你的眼神很沉重，第一次見你的時候，我就有這種感覺。我想你也背負著某種東西生活。」

我突然覺得口乾舌燥，拿起杯子想喝水，沒有發現杯子裡的水又被我喝完了。這點小事讓我慌亂起來，我慌忙把杯子放回桌子，杯子和杯托相碰發出「嘭」的聲響，這聲響讓我眼前浮現起前陣子看到的那句話，「安全感」三個字浮現在我面前。

我不知道為什麼這三個字會如此清晰地出現在腦海裡。

「對不起，」董小滿帶著歉意說，「我不該這麼說的。」

「沒事，是我的問題。」我說。

「如果願意的話，你可以對我說。」她真誠地說道，「有

些問題不見得馬上會有答案，但在說出來的過程中，會讓自己的思維變得清晰。」

我原本什麼話都不想說，但看到小滿一臉認真的模樣，像是在等我說話。我想了想，還是這麼說道：「不知道該怎麼說，很多事情已經過去了一段時間了，何況過去的事情即使再說一遍也沒有任何的意義，發生了就是發生了。」

「沒跟任何人提起過？」

「是這樣。」我說，「當作沒有發生過，這是最好的辦法。」

董小滿沉默半晌，說道：「我們每個人都是由過去的自己組成的，如果對過去視而不見，一直逃避，你的處境就會變得很糟糕了。無論如何，過去發生在你身上的事情是不能當作完全沒有發生過的，那樣你就不是你自己了，我們能做的只有去面對。」

這句話讓我的大腦混亂起來，這時夏誠發來訊息，圍繞在我們頭頂的那種化學反應也隨之不見了，這只是一眨眼的事。就像我現在回想起今天的清晨，那種愜意感也索然無味起來。我滿腦子想的只是喝酒這件事，另一個自己正在蠢蠢欲動，他告訴我，今天的對話可以到此為止了，剩下的時間我應該把自己交給酒精。董小滿好像有話想說，但最終什麼都沒說。

CHAPTER

沒 有 樹 的 森 林

05

五月到了,我剪了頭髮,實在是太長了,時不時戳到我的眼睛。
　　到書店時,姜睿一眼就注意到我剪了頭髮。「剪頭髮了?」他問。
　　「嗯。」我答道。
　　「整個人煥然一新了。」他說。
　　「謝謝。」其實我沒有感覺到所謂的煥然一新,但還是這麼說道,「我也覺得。」
　　因為是勞動節假期,我一連工作四天,到了第五天終於可以好好休息,夏誠回到自己家住了,把鑰匙留給了我。醒過來的時候是中午,我想著難得是假期,應該出門逛逛,便走到大學城邊的商業街去了。走到商場的門口,電視螢幕上正放著一

部電影的預告，都是災難場景，我駐足看了會兒，才明白這部年底會上映的電影是講世界末日的。突然想起來，最近網路上很流行一種說法，說是馬雅的神奇預言，2012年會是世界末日。我心想，如果是真的世界末日也不錯，末日面前，人人平等。回過頭就在街道的另一邊看到了也正在看這部電影預告的董小滿。她也看到了我，笑著跟我打招呼。

「陳奕洋。」她喊道，身邊站著幾個朋友。

「這麼巧。」我說。

「整個大學城能逛逛的地方只有這裡嘛，」她說，「我跟朋友正準備去吃飯，要不要一起？」

「不了，」我說，「我想閒逛一會兒。」

「那你等會兒還有沒有空？」她說，「可以一起看個電影呀，等我吃完飯？」

「好啊。」我看了眼時間，說，「也沒有要緊的事要做。」

　　電影極其糟糕，幾乎沒有任何感情戲，劇本也不知道要表達什麼。看完的唯一感覺就像是整部電影都是為了男主角而服務的，那些無用的打鬥情節毫無邏輯，但都無一例外地體現了男主角的身材。看完後，她提議去上次的咖啡廳坐會兒，我點頭。

「你覺得這電影很無聊吧？」坐下後她這麼說道，「不好意思拉你陪我看，我原本以為是部很棒的電影。」

「沒關係。」我說,「也好久沒有看電影了。」

說完我忽而憶起自己以前特別喜歡電影院的氣氛,一片漆黑,銀幕是唯一的焦點,身邊的人就坐在你身邊,你們正在做同一件事,大家會為了同一個劇情所感動。這無形間拉近了人與人之間的距離。我之前就是這麼想的。現如今酒精可能也能起到類似的作用。

「等下次請你看電影賠罪,」她說,「說起來你經常一個人出來閒逛嗎?」

「剛來的時候到處閒逛,現在很少這樣。」我說。

「那你一般都會做什麼,除了喝酒。」她問。

「沒有什麼特別的,就是上課,下課,上班,下班。」我說道。

「這種時候總是一個人嗎?在學校裡就沒認識一些新朋友?」

「嗯。」我點頭。

「也不是誰天生就擅長跟別人交流的。」她用吸管攪著果汁,用手撐著頭說道,「而且上了大學之後我發現跟別人交流的衝動就少了很多呢。怎麼說呢,總覺得上了大學之後跟身邊的人就有了距離感,從某種角度上來說不太合理呢,明明這年頭想認識一個人很簡單,有手機,有社交網路,但就是有距離感。老實說,我也沒想到來了大學反倒沒認識幾個新朋友。」

她說這句話的時候神情顯得很放鬆，看起來並不為此困擾。

「不過好在一直有幾個好朋友，我們還是可以敞開心扉地說心裡話，她們讓我覺得很安心。」董小滿接著說道，「朋友就是有這個作用哦，她們會讓你安心。上次我有些失禮，事後我覺得強迫你說一些你不願意說的事，其實也會讓你不安。」

我沒想到董小滿居然還想了這麼多，忙擺手說：「沒關係，而且也不只是這個原因，就算我想要把心裡的故事說出來，可能也沒有人會聽。」

「怎麼會？」董小滿有些驚訝。

「可能我不像你和安家寧一樣吧，很久以前就認識，友誼一直保持到現在。」

「……」我看得出來董小滿想說什麼，但似乎說不出口。

「想說什麼？」我問道，「說吧，沒關係的。」

「只是不覺得你會沒有這樣的朋友，」董小滿猶豫再三，還是說道，「在我看來，有些不可思議。」

「或許因為我太普通了吧，」我想了一會兒，說道，「從小就一直躺在病床上，又缺乏敏感度，沒什麼值得跟別人誇讚的東西，也沒有什麼了不起的經歷，白天的時候總覺得自己跟很多人有距離感，只有喝酒的時候才覺得能跟大家都一樣，反正也就這件事值得去做了……」

董小滿面露不快，一直沒有說話，那表情像是想起了一件

很討厭的事一樣。

「什麼叫也就這件事值得去做？我說，夏誠帶你去的場合你真的喜歡嗎？還是說你真的把那些人都當成朋友了？所以你就把喝酒當成全部的生活嗎？」

我沒說話，董小滿的樣子像是甩手就要走一般，我搞不懂她為什麼要這麼生氣。

她一口氣把果汁喝到了底，發出了「滋滋滋」的聲音，接著看了眼窗外的風景。我不知所措，一頭霧水，只好用一貫的沉默以對。

「聽我說，喝酒本身沒什麼問題，這我知道，我有時候也會跟朋友喝幾杯，也想要大醉一場，特別是累的時候就想一醉方休，這些都很好。可單純喝酒跟帶有目的性喝酒完全不同，為了散心和逃避喝酒也完全是兩回事。我希望你喝酒的時候，是為了真的開心，而不是一味逃避到酒精裡。喝酒是為了讓生活更有樂趣，而不是取代生活的全部。」說到最後，她的情緒終於平復了下來。

「謝謝你。」我調整了呼吸，說道，「但我想你這次看錯了，我不是你所說的這麼好的人。」

她沒有說什麼，移開目光看著窗外的風景，又看了會兒臥在凳子上的貓，看了許久。我感覺自己說錯了話，我為什麼要急於反駁她呢？或許當作沒有聽到或者敷衍過去才是正確的選

擇，這不是我一直以來最擅長的事嗎？

她把目光收回，說道：「記得我們第一次見面吧？」

「當然。」我說，「那種尷尬的場景想忘掉也忘不掉。」

「其實你做了一件很好玩的事兒，」董小滿說，「那天你躺在廁所裡，一副想要掙扎著爬起來但又爬不起來的樣子。」說到這裡她模仿了我當時的模樣，「大概是像這樣。」

我想捂住自己的臉不再看董小滿，那場景光想像起來都覺得尷尬，如果地上有條縫，我可以毫不費力地鑽進去。

「我拍你肩膀想問問你怎麼樣，但還沒等我開口你就說沒事沒事。接著你掙扎著站起來，開始打掃衛生。」

「打掃衛生？」我瞪大了雙眼，眉毛擰在了一塊兒。

「沒錯，打掃衛生，」她笑道，那瞬間我覺得董小滿的臉上還是適合掛著笑容。

「不是簡簡單單地打掃衛生，」她接著說，「是那種認認真真一絲不苟地打掃衛生，先是把洗手台和馬桶都擦了個遍，又跑到外面去跟服務員借拖把。你是沒看到那服務員的表情，那是滿臉震驚和不可思議。喝多的人他或許見得不少，但像你這樣喝多了借拖把的還是第一個。我好說歹說把你勸住，把你拉回包間，你嘴裡還嚷嚷著要繼續打掃衛生。沒消停多久，你就拿起桌子上的紙巾，把每個人的酒杯都擦了個遍，哈哈哈哈，擦著酒杯的同時還說大哥打擾你一分鐘，你這個酒杯看著不怎

麼乾淨。然後就趴在地上，準備擦地，邊擦邊說為什麼宿舍這麼髒，說完還跟身邊的人道歉。哈哈哈哈哈哈哈，不行，真的太好笑了。」

我的臉孔徹底扭曲了，居然對此沒有一點點印象。我還以為自己是大大方方地走回包間的，這事情是真實發生的嗎？「我真這麼做了？」我用難以置信的口吻問道。

「嗯。」董小滿把這句「嗯」拖得很長，說話時一直在點頭，一副忍俊不禁的表情。剛才我希望地上有條縫，現在恨不得用手裡的吸管把地上挖出一個地道來，好讓自己鑽進去。我壓根兒無法直視董小滿，扭頭看著右邊，用手擋住了自己的臉，我能感受到臉上傳來的熱度，渾身尷尬地直冒汗。

「好啦好啦，」董小滿靠近了一些，說，「這又不是什麼很丟人的事。」

「這還不丟人嗎……」我說，語氣很弱。

「不丟人。」她說，「反倒讓人印象很深刻呢。」

我稍稍轉過一些頭，看到董小滿說這話時的一臉真誠，乾咳兩聲，調整坐姿，終於可以勉為其難地跟董小滿對視。

「可你上次說我沒有發酒瘋，睡得很踏實啊。」我說。

「是睡得很踏實啊，」董小滿說，「剛開始一邊睡覺還一邊說話，聽起來很是困擾的樣子，因為感情？」

「啊？」我的臉孔再次微微扭曲。

「放心，你沒有說什麼，只不過感覺像是這樣。不然哪有人可以連問十幾個為什麼，雖然為什麼後面的話我都沒聽清。」她說，「我那時想，你這個人真的挺與眾不同的，為情所困的人很多，為此喝醉的人也不少，但打掃衛生還不住地跟別人道歉的人，我就見過你一個。」

我只好強裝鎮定，默默點頭。

「還記得安家寧給你遞蛋糕嗎？」

「這個我記得。」

「你說等會兒再吃，接著就把蛋糕推給了我。」

「……推給你？」

「嗯，因為你的蛋糕上正好有草莓和藍莓，而且剛好切得很大，你說應該給我吃。」她說，「還有後續，你想不想聽？」

「都這樣了，你說吧。」我想再怎麼丟臉也無所謂了。

「你睡著後還突然醒了一下，說今天是夏誠的生日，一定要讓夏誠盡興，讓他開心，所以其實你還想站起來跟他說話的，可你已經站不起來了。這個時候很多人都已經走了，再接下來你就又倒下了，用一個非常特別的姿勢睡著了。」她又模仿起我是怎麼用扭曲的姿勢睡著的。

我已經徹底不知道該說什麼了，董小滿歪著頭看著我：「所以我覺得你不是什麼壞人，也不是為了什麼目的才靠近夏誠的。他身邊多的是這樣的人，而你不是，我確定。」

「謝謝你。」我說，這句謝謝不是出於禮貌。

「還有，」她說。

「還有啊？」我再次捂住了我的臉。

「放心，不是那天喝酒的事，而是那天我們在咖啡廳的時候，我注意到一件事。你一直都很耐心地在聽我說，雖然你的話不多，但我知道你是真的在想我所說的事，真的有聽進去。這一點在我看來很可貴，尤其是這年頭大家都在表達自己，不在意別人說的到底是什麼。我不知道你最近發生了什麼，也不知道你之前發生了什麼，但我想告訴你，千萬不要因為過去的事而徹底否定你自己。」

聽她說完這些，我不知道該說什麼，看向窗外，天就要暗下去了，黃昏染色了大地，遠處有火燒雲。說來奇怪，明明是太陽的餘暉，卻顯得格外美麗，跟正午時的陽光相比，反倒透著生命力。空氣裡也有種奇怪的味道，我也說不上來是什麼。

「有很長一段時間，我覺得我的世界裡只有我自己。」我終於開口說道，「說起來很複雜，但這是我真實的感受。後來遇到了一個可以跟我說話的人，我幾乎把所有的心事都告訴了她。」

「那然後呢？」董小滿看著我。

「再然後她一聲不吭地離開了我的生活，我就來北京了。」

「一聲不吭地消失？」她依然認真地看著我，問，「之前沒有要離開的跡象嗎？」

「或許是有的，或許有些細節我沒有注意到，但這也是事後回想起來的，當時一切發生得很突然，自那以後我就再沒有見到她。」

「我沒有經歷過這樣的事，但我能體會。」她說，「被傷害了的感覺吧。」

「嗯，但只怕也不是這麼簡單就能說清楚的。你記得我說過從小我就沒什麼朋友吧，她對我而言是這世上第一個能夠理解我的人。」

「看得出來這件事情對你的打擊很大。」董小滿說。

「嗯，那之後我就來北京了。」

「是想要把過去的一切忘記？」

「事情就是這樣。」我說。

「喝酒時能把一切都忘記？」

「嗯。」我回答道。

董小滿把雙手放在了桌子上，盯著自己的右手看，像是在想些什麼。我想拿起杯子喝水，發現已經喝完了，就叫來服務生加了一杯水。服務生又問我們要不要再加什麼菜，我才意識到我們在這裡已經坐了兩個小時了。

等我又喝了幾口水，小滿開口說道：「我明白你的心情，

但還是不覺得把這段往事當作沒有發生過是正確的選擇。」

「但這是最輕鬆的選擇。」我說。

「的確是這樣沒錯,可順序不對,就像是你把過多的行李強行塞進箱子裡,如果不加整理,就會變得混亂不堪,」小滿揉著太陽穴說道,「在我的角度上來看,這種選擇會讓你失去自我,這樣的箱子是無法帶著前行的。」

「失去自我?」我從未在這個方向思考這個問題。

「我總覺得現在的你,雖然表面看起來更輕鬆了,」她說,「但你某種程度上也跟那天的你不一樣了,跟我們第一次見面的樣子不一樣。」

不一樣?這不是一件好事嗎?

「這也是一件正常的事吧。」我說出了自己最近的想法,「人隨著成長就是會改變的。」

「是這樣沒錯,但不見得就是要變得面目全非,而是順著過去的自己往前跨越。」

我盯著董小滿的臉,斟酌著要說的話:「不管怎麼說,我現在能感覺到過去的事沒那麼重要了。」

「真的是這樣嗎?」小滿瞇起眼睛看著我,「這是你內心的真實想法嗎?在我看來,你現在還是被那些事情所困擾著。」

「不要讓過去的事干擾你現在的選擇。」她接著說,「更不要因此而封閉自己,假裝自己是另外一個人。像我說的,如

果不把一切整理清楚，找到真正屬於自己的生活方式，那便會變得很危險，走向另外一個極端。我經歷過這些，所以我想我是明白的。」

「或許吧。」我說，不知道用什麼樣的表情回應她這句話，只好側過頭看著桌子的右邊一角。

「那你現在還期待著有朋友，或者說能遇到像她那樣互相理解的人嗎？」她問。

「老實說我覺得自己遇不到了，就連這段故事我也是第一次跟別人說，平日裡也壓根兒找不到能敞開心扉的人。」我想到了與夏誠之間的交情，突然覺得他是不會在意這些事情的人。或許這也是我一直對他有所保留的原因。「這種事有什麼好苦惱的。」我彷彿能聽到他對我說這句話。

「我以前聽過一個故事，正適合現在說。」董小滿說。

「洗耳恭聽。」我說。

「那個故事的大意是這個世界上的樹林正在死去。」她緩緩說道，「樹林死去之後，就變成了沙漠，人們在沙漠中勉強地活了下來，過了快一百年吧，這兒的人們忘記了樹林，忘記了這個世界上曾經還擁有綠色，忘記了空氣裡曾經還佈滿水氣，忘記了生活原本可以更好。但有兩個小孩不信邪，偏要去尋找世界上的最後一片樹林，一路翻越了兩座山，你猜他們看到了什麼？」

我搖搖頭。

董小滿笑著說：「在兩座山之後的世界還是綠色的世界，他們覺得樹林死去了，只是因為他們周邊的樹林恰好死去了，也有人出去尋找過，可翻越了一座山之後就放棄了，回來便告訴所有人，樹林已經死去啦，我們只能跟沙漠一起生活啦，人們輕而易舉地相信了他，並且把這個當作世界的真理告訴了下一代。其實只要有勇氣去更遠的地方，就會發現這個世界還有救，樹林依然存在。」

「像一個童話故事。」我說，「故事很棒，哪裡聽來的？」

「是我自己剛剛想的，抱歉剛才騙你，怕這個故事沒有說服力嘛，」小滿笑著說，「重點不是這些啦，重點是不要因為身邊都是沙漠，就不相信這個世界上還有樹林了。如果翻越一座山沒有找到，就再翻越一座。吶，這個故事說給你聽，也說給我自己。」

服務生再次走過來打斷了我們，我才意識到已經很晚了。

我執意要送董小滿回家，但她婉拒了，只好目送著她上車，再一個人慢慢踱步回到夏誠家。我腦海裡回想著董小滿說的故事，把故事中的那兩個小孩帶入小王子的形象，想像著他們一路翻山越嶺的辛苦，遇到的野獸，蹚過的泥潭。

這時我接到夏誠一個朋友的電話，讓我去喝酒。我一點都不想去，今天的自己完全不想喝酒，也絲毫不想念喝酒的氛圍。

這毫無疑問是董小滿的功勞，可電話裡的人壓根兒不聽我的話，一個勁兒地讓我非來不可，我拗不過他，最後還是打車去了。

酒吧裡音樂聲、骰子聲、碰杯聲混雜在一起，安靜在這兒無處可尋。我腦海裡一直在想著董小滿所說的話，加上夏誠也不在，沒有太多喝酒的心情，叫我來的人問了一堆關於夏誠的事，聽我說夏誠不來，就找了個藉口跟別人喝酒去了，好似就此沒有了跟我說話的興致。身旁的人不知道在說什麼，但照樣都在哈哈大笑，我試著回想之前跟他們一起大笑時所說的話是什麼，但遺憾的是，什麼都想不起來。像我之前說的，人們在這裡不存在距離感，男男女女摟在一起，即便只是第一次見面也像是情侶般親暱。原本就應該是這樣，沒有距離感對我來說也不是什麼壞事，可坐在我身邊的女生見我沒有心思喝酒，露出了一種「無趣」的眼神，這種眼神我記得，如同我舍友看我一般。只是因為夏誠不在，我就變成了一個無趣的人嗎？剎那間我才明白過來一件事，我之所以可以被這個世界所接納，並不是因為我本身有什麼價值，而是因為夏誠的存在而已。

原來是這回事啊，為什麼我之前都沒有意識到呢？我還以為這裡的世界不一樣，只不過比外面的世界偽裝得更好罷了，自始至終我都沒有真的融入這裡。

又過了一會兒，走進來兩個喝得醉醺醺的人，都是生面孔。

但好像是什麼了不得的人物,所有的人都停了下來,擁到他們身邊,說著奉承的話。我一個人坐著顯得太不合群,也拿起了酒杯走了過去,說了一些同樣的話。酒杯碰撞在一起的聲音,聽著極其刺耳,那聲音充滿著勢利感。一個人說今天的所有單都他買了,眾人又一片歡呼,我覺得煩躁,跟叫我來的那人說了句身體不舒服先走了,他並不在意我這個小人物的提早退場,只是抬了抬眼皮又繼續喝酒了。走出包間後我回想起自己曾經覺得可怕的事:人們心懷鬼胎,擺上合適的表情,說著合適的話,並習以為常。難道我在不知不覺中也變成了這樣的人了嗎?

　　街頭人潮湧動,我看了眼手機,將近凌晨一點。
　　這裡是北京最繁華的街道,月亮被蒼白建築遮擋住,也看不到星星,能看到的只有一眼望不到頭的人群。男男女女聚在一起抽菸說話,街頭有賣花的小女孩,那年紀看著不到七歲,眼神卻不是一個孩子應該有的眼神。他們認真地搜索目標,看到走在一起的男女便湊上去問要不要花,大人們不耐煩的神情也沒有影響到他們,轉而就跑到下一個目標人物身邊了。
　　走到路口,發現竟還擠滿了人,車道水洩不通,我詢問了回去的價格,實在是貴得離譜。只好先走一段路,想著到沒有這麼多人的地方再說。迎面走來的一對情侶(當然在這兒互相摟著腰也不一定就是情侶),女孩化著極重的妝,那模樣像是

被打翻了墨水的畫，男孩穿著極緊的牛仔褲和極其鬆垮的短袖，外套掛在肩膀上，走路的樣子讓我想起了《賭神》裡的周潤發，當然兩者的氣質無法相提並論。他們一路走一路大笑，雖說這跟我沒有關係，但我還是忍不住地想，到底是什麼能讓他們笑得如此誇張。那絕不是一種聽到了笑話的笑容，更像是在某種東西刺激下的過激反應。這笑聲是如此大聲，即使他們走遠了還是能聽到他們的笑聲。路邊坐著三個韓流打扮的男生，他們正瞇著眼睛觀察著來來往往的女孩，每當有女孩走過，就能聽到口哨聲。

我喝醉的時候也是這樣嗎？

我不知道。

種種聲音像是洪水一般湧進我的耳朵，讓我甚至有一些耳鳴。只好一路向前走，終於走到了人少的地方，可那些聲音依然在我腦海中，不管我怎麼想其他的事情，都沒有辦法把這些聲音隱去。眼下四周已經沒有什麼人了，這聲音讓我焦躁不已。

我想到了「想像力」這個詞。

音樂於我而言，是一直以來非常重要的陪伴。在最落寞的時候，我靠著音樂支撐了下來，那時聽的歌很多，五花八門，什麼風格都有，但每首歌都能給我帶來不可思議的感覺。這感覺我以前一直沒有弄清楚到底是什麼，事到如今終於可以表述完整：那時的音樂讓我眼前的世界變得不同，像是憑空造出了

一個濾鏡，也像是眼前的風景靠著音樂發生了某種折射，如同陽光被折射出彩虹一般，音樂也讓我眼前的風景變得色彩斑斕。

可如今我腦袋裡播放的嘈雜的聲音全然沒有這種能力：它像是一種深不可見的黑洞，吸收了所有的色彩，讓我眼前的風景變得單調。

此時此刻，我感受到了更深沉的孤獨，就連音樂，我也與之失去了共鳴。

我終於打到了一輛計程車，車上的味道相當難聞，像是有人剛吐過一樣，同時還瀰漫著酒氣。

司機抱歉地說，剛才剛送完一對喝醉的男女回家。如果可以的話，我也想換一輛車，但已經走不動了，腳步比我預想的沉重許多，只好打開了窗。

「你看著很年輕嘛。」司機說，他好像很想跟人說話，又接著問我，「在哪個大學上學？」

我只好作答。

「很好的學校啊，」他稱讚道，「上學的感覺怎麼樣？我以前家裡窮，沒辦法上大學，說起來還是你們這代人好啊，吃喝不愁的。」

這種論調又來了，不知道為什麼除了我們這代人以外的所有人都這麼想。

「半夜出來喝酒？」他問。

「嗯。」

不知道是不是因為司機太久沒有找到人說話，還是他就是喜歡跟人聊天，剛沉默一會兒他又跟我說起了他的往事。

「我二十歲剛出頭就出來工作了，那時的生活可沒有這麼好。」我沒有說話，他似乎完全不在乎我的反應，自顧自地說著，「那時候的北京連車都沒多少，更不要提有這麼多酒吧了，跟現在根本沒法比。我第一份工作就是當計程車司機，那時候還想著攢夠了錢就回學校念書去。沒想到一當計程車司機就當到現在，你看看我現在這個樣子，是沒有辦法讀書嘍。」

我看著窗外倒退的街景，那股難聞的味道終於散了點。

說到這裡他又問讀幾年級，我回答說是大一。

「看著像是大三大四了嘛。」他說。

大概開了二十分鐘，終於還有一個路口就要到目的地，說實話，司機的話太多了，我本來就頭昏腦脹，這一路下來感覺更不舒服了。他終於安靜下來，有那麼一分鐘不再說話，快到家的時候他說：「現在想想，做選擇的時候還是要謹慎吶，就像我以為自己還能回去讀書的，沒想到回過神來，我眼前就只剩下當計程車司機一條路了。」

下車後，我被風吹醒，那種頭昏腦脹的感覺終於消失。走

在回家的路上，發現頭頂的月亮又能被看見了，奇怪的是星星多了好幾顆。我回想起今天發生的種種事件，覺得這是上大學以來，最奇妙的一個週末。

首先我今天第一次跟別人說起關於夢真的事，然後我竟然對喝酒沒有一點興致。董小滿說得對，人需要跟別人說說話，說一些正兒八經的話，說一些藏在心底的話，與人交談有著一種不可思議的魔力，即使交談並不能改變現實本身。董小滿說得對，我之前的生活的確缺少了這些。

回到家中已經兩點多了，我依然沒有任何睡意。

我的大部分東西都在宿舍，夏誠家只是用來借宿，所以沒有帶電腦也沒有帶書，除了常用的三四件衣服以外，這個房間裡沒有一點屬於我的痕跡，更沒有所謂的生活氣息。我用手機上了一會兒網，但無奈當時的手機能看的網頁並不多。我翻了一下通訊錄，才發覺自己只有寥寥數人的聯繫方式，其中有幾個只有喝酒的時候才能見到。

夏誠不在，與喧鬧的世界所聯繫的鑰匙也就不在了，那扇大門已然緊閉著。我本以為這樣的夜晚會讓我難以忍受，但因為想通了一些事，覺得心情也隨之暢快一些。我躺在床上，用手機給自己放了一首歌，回憶起跟董小滿的對話。

伴著歌聲，我感受到一種類似於柔和的氣息，這是我長久

以來不曾感覺到的東西,事實上我已經很久沒有感受過任何情緒了。

　　明天起來,我要重新找個地方住,不能再依賴夏誠,想到這裡,我終於昏睡過去。

CHAPTER ———————————— 06

四散天涯

一覺醒來，已經是中午十二點了。

　　我在樓下找了家麵鋪吃了午飯，就去仲介找房子。可走了一天，依然沒有找到合適的房子，那瞬間我差點兒就放棄了，想著要不過幾天再來尋找房子。事後回想起來，如果我真的想要找到一個地方住，總是還能有其他辦法的，如果仲介沒有合適的房源，那還可以上網找，一天找不到就找兩天，兩天找不到就找五天，而不是隨便告訴自己過幾天再說吧。

　　如果不是在第二天就在路上遇到姜睿，搬家這件事恐怕還得延後好些日子。

　　他穿著襯衫，看起來有些愁眉苦臉，這讓我感到訝異，我第一次看到他臉上露出這樣的神情。我跟他的接觸不算多，局限於書店，在那裡，他總是一絲不苟又認認真真，像我說的，

從他的表情中只能看到信念感。

我跟他打完招呼,便問道:「怎麼了?」

「有點煩心事。」他說,我能察覺到他的神情有所改變,興許是不想讓自己的愁容影響到我,接著又問我,「你打算去哪兒?」

「我也不知道。」我說,「本來想著隨便逛逛,今天你不用去書店?」

「今天不用。」他說。

我們聊了一會兒,才知道他的室友上個月搬走了,房租又漲價了,他正想著怎麼辦才好,眼下也沒有辦法再找個工作,又不可能問家裡要錢。他已經很久沒有開口問家裡要錢了,這點讓我敬佩不已。

「要不換個房子住?」

「暫時也找不到更好的了,而且現在是五月,很難找房子。」他說。

我不知道該說什麼好,想到了夏誠,夏誠從來不會為了這些事而苦惱。他天生就活在另外一個維度。

我瞭解到這是姜睿搬出來自己住的第二年,原先有一個室友,但室友突然談了戀愛,就搬去跟自己女朋友合住了。「這也太不負責任了。」我說道。

「這也是沒辦法的事。」他說,「站在他的立場,他也沒

做錯什麼。」

　　直到這時，我突然想到說不定可以以此為契機，搬出夏誠家。

　　結果我便到了姜睿家，跟夏誠家比起來，他這兒小了不少，客廳幾乎只有夏誠家的三分之一大，廚房裡倒是滿滿當當放著各種廚具，醬料也一應俱全。床佔據了臥室三分之二的空間，剩下的空隙只能擺一張簡單的電腦桌和一個可攜式的簡易衣櫃。雖說這臥室不大，但它朝向東邊，窗戶是不大不小的正方形，我對這窗戶很是喜歡。

　　「怎麼樣？」姜睿問我。

　　「挺不錯的。」我說。

　　「怎麼想到來外頭住，大一新生好像很少會有這樣的念頭的。」

　　「宿舍住著不太習慣，很多想法跟他們都不一樣，生理時鐘也截然不同。」我解釋道。

　　「我也差不多，有些人天生就適合自己搬出來住。」他說。

　　我以前不曾與姜睿說過太多話，今兒是第一次。他之前給我的感覺一直是認真和嚴肅，現在多了一絲溫和，或許因為他說話的語調顯得很平穩，或許還因為他家的佈置，雖然小，但看著溫馨。夏誠家就沒有這種感覺，他的家雖說擺放著很多綠植，安家寧也特地幫他佈置過，但看著就讓人感覺冷清，對他而言，

家只是一個用來睡覺的地方罷了。尤其是廚房,他的廚房只是一個擺設,甚至連天然氣費都沒有交過,自然也沒有任何的廚具。

「經常做飯?」我問道。

「嗯,只要有時間就做飯,」姜睿說道,「我搬出宿舍有一部分原因也是這個,宿舍裡沒有辦法做飯,食堂的人又太多,很多次都只能吃到涼了的飯菜。我原先住宿舍的時候,也有段時間到處打電話訂外賣,還囤過泡麵。這也是我搬出宿舍的原因之一。」

「因為不能好好吃飯?」

「嗯,有一天我正吃著泡麵,心裡突然冒出一個念頭,為什麼我要這麼過日子?連自己的胃都不好好對待。」

「我沒有想到這一點。」我說。學校周邊就是各種速食店,我都是隨便吃一點,很敷衍自己的胃。

「這很重要,好好吃飯是好好生活的第一步。」他說。

「如果可以,能儘快搬過來嗎?」最後他問。

「當然可以。」我回答道。

收拾行李不算費事,前前後後只花了半天工夫,收拾行李時發覺自己來北京這麼些日子,我沒有多出來什麼東西。我打電話跟夏誠說明情況,他不無可惜地說:「以後找你喝酒就麻煩了。」

「還是可以經常一起喝酒的嘛。」我說,如果是跟夏誠喝

酒，我依然願意。

可沒想到即使遠離了每天喝酒日夜顛倒的日子，我也依然沒有找到屬於自己的生活方式。

搬家後我像模像樣地佈置了房間，買了幾盆多肉，又買來仙人掌放在了電腦邊。據說這樣可以防輻射。我還弄了好幾套海報貼在牆上，但老實說，那些海報上的人物我談不上多喜歡，只不過覺得應該貼一下，這樣才顯得像是一個人應該有的房間。我帶來了許多書，但也沒有翻上幾頁，另外我還裝模作樣地列了一個時間表，實際上我知道哪些事是對我有利的。比如要看完幾本書，比如說要好好鍛鍊身體。我買了一雙跑步鞋，說要每天找時間去跑步。可也就堅持了幾天，跑步的過程讓我覺得枯燥無比。很快，我就被打回原形。

現在想來這是我過於懶惰的原因，這是屬於我天生的惰性，在搬出來生活後才真正開始體現。遠離喝酒隨之而來的，便是再次席捲而來的孤獨，我壓根找不到與它相處的方式。繞了一大圈，我好像又回到了原點。

我很快就又失去睡眠，夏誠照例叫我喝過幾次酒，有他在，氣氛再次活躍起來。我當然知道他們只是因為夏誠在所以才高看我一眼，但還是忍受不了一個人的黑夜。何況夏誠在，我也

覺得安心了些。董小滿這些日子沒有跟我聯繫，我也沒有聯繫她的主動性，我特地在上班前後在商業街來回踱步，期待可以見到她的身影，但無奈沒有看到她。不打工也不喝酒的日子，我就在房間裡上網看電影打發時間，總之不到兩三點就無法入睡，哪怕無事可做，也能磨蹭到這個點兒。

這些日子我總會想起董小滿所說的故事，嗟嘆一聲，要尋找樹林畢竟是一件需要勇氣和力量的事。我只是一個普通的俗人，為什麼就能確信自己可以翻越一座又一座山呢。自我鄙視和挫敗感接踵而來，我無法把這兩個新朋友拒之門外。

但整體而言，我和姜睿的相處可以稱得上愉快。他是個安靜的室友，不會說太多話，平日裡我們也很少能見到面，一方面我們的生理時鐘不同，另一方面他比我忙碌許多，每天早上就出門，到了晚上才會回來。他很愛整潔，這點與我不謀而合，同時在生活上也對我照顧不少。

家裡有一台老舊的投影儀，他對這部投影儀愛不釋手，除此以外，還有一台看起來很貴重的攝影機，這讓我頗覺意外。同樣讓我意外的是，他的書架上放著很多有關電影的書。

謎底在一次飯後揭開了，起因是我問他為什麼那麼喜歡投影儀和攝影機。這是我們住在一起三個禮拜後才有的對話，現在想來也是從這段對話開始，我們才真正成為朋友的。

「在大一上學期的時候，我突然意識到自己非常喜歡電

影。」他說。

「突然？」我問道。

「嗯，是突然意識到的，起因我已經忘記了，」他說，「夢想這事兒分兩種情況，有一種人從小就知道自己要做什麼，另一種人就像我一樣，到了一定年齡才突然發現自己想要做什麼，就像夏天的雷陣雨，下雨之前你壓根兒想不到會下雨，可一旦下了這場雨，就是電閃雷鳴。」

我還是第一次聽到這樣的比喻。

「我還沒有過這樣的感覺。」我說話的語氣帶著一點慚愧。

「也很正常啊，說明夢想還沒有找到你。」他說。

「夢想找到我？不應該是我去尋找夢想嗎？」我問道。

「那應該是互相尋找吧。」他想了一會兒說，「我是突然間發覺自己喜歡電影的。不過你說的可能也沒錯，在這之前我應該就受到了電影的影響，只是沒有發覺。」

「嗯。」我安靜地聽他繼續說下去。

「你也知道我學的專業是會計，其實一開始我很喜歡這個專業，家人也覺得這個好就業，」他說，「所以我跟父母說要拍電影的時候，他們的第一反應是我在開玩笑呢。在他們眼裡靠譜的工作就那麼幾個，公務員、老師、事業單位，不知道我為什麼突然改變想法。但其實我是經過深思熟慮之後才跟他們

說的,我知道內心真正喜歡的事情是電影,在那之前,只是錯把會計當成了自己喜歡的東西。錯把一件擅長的事當成自己的熱愛,這種事情或許也很常見。」

姜睿收拾完碗筷,給我和他自己分別倒了一杯熱水,關於夢想的話題說起來他就好像換了一個人,對此滔滔不絕。坐下後他繼續說道:「我們吵了好幾次,但誰也說服不了對方。我爸媽絲毫不肯讓步,我也是,為此我們爭吵了很久,到今天關係也沒有緩和。」

說到這裡他嘆了口氣,說:「我們這代人跟上一代人生活的時代大不一樣了,我也知道站在他們的角度,他們的想法或許也沒有問題,畢竟一輩子都是這麼過來的。可我們也有自己的立場,我爸常說我上網和看的書太多,看多了想法就野了,或許是這樣。但一旦有了想要做的事,就不可能按部就班地按照他們的期待生活。在我看來,要說服和我們成長環境完全不同的上一代人是不可能完成的任務。」

我點頭,想到了自己的父親,他也一樣,早就把我的生活規劃好了。

「有時候我覺得自己是他們生活的延續,是他們的附屬品,」姜睿說,「所以也沒有什麼好辦法,只好一邊好好上學,一邊自己學拍電影的事。」

我手裡翻起他放在桌邊的一本關於攝影的書,滿頁的專業

術語看得我直頭疼。

「看著很難啊。」我說,「要學好這些不容易吧。」

「我的頭髮就是因為這些少了很多。」他打趣道。

「忙得過來嗎?」我想到了他每天的忙碌。

「還可以,」他說,「我算了一下,平均下來每天學習五小時,就可以應付學業了。加上我還算擅長很多數字類的東西,可能對數字比較敏感吧。剩下的時間,就可以自己學電影。」

「每天學習五小時?」我皺著眉頭說。

「怎麼了?」

「每天學習五小時在我看來已經是極限了,你說起來卻感覺很輕鬆。」

他想了一會兒,真誠地說:「我覺得還好,咱們每天睡覺八個小時就夠了吧?那還有十六個小時空閒呢。」

「可是我們都要打工啊。」我說道。

「打工的時候就只好上午去圖書館了。」他說,說這話時語氣有些悵然,我總算知道他為什麼打工的日子也照常早上就會出門了。「但真的還好,算起來時間還是夠用的,這也是沒有辦法的辦法了。」

「很不錯的做法啊。」姜睿的做法讓我對他更加敬佩,「我做不到的。」

「沒有什麼做不到的,」他笑著說,「等到夢想找到你的

時候，這幾乎是不得不做的事，不然晚上睡都睡不踏實，總覺得有什麼事還沒做一樣。」

「不會迷惘嗎？」我問了姜睿曾問過夏誠的問題。

「會啊。」他說，這個答案出乎我的意料，我原以為他的答案會和夏誠一樣，雖然表現形式不同，但他們都是明確知道自己未來要做什麼的人。

他看出了我的疑惑，繼續說道：「很正常啊，我也不知道未來到底能走到哪裡，但反過來說，一步步看著自己朝著那個方向走著，不是一件很有趣的事嗎？而且我相信認真和努力總會有回報的。」

「或許是這樣。」我說，試著去體會姜睿的心情。

姜睿說話之間富有某種哲理，不知道是不是他經常讀書的緣故，又或是他平時就思考著許多，但不得不說，比我大兩歲的姜睿比我懂的多得多。至少在與他交談之前，我從來沒有想過夢想這回事，別說夢想了，連喜歡的事都沒有。

「你說的我大概明白，可惜我沒有喜歡的事。」我說道。

「會有的。」他說，「人不可能一輩子都找不到喜歡的事的。」

「那要怎麼樣才能知道那件事是自己喜歡的呢？」

「很簡單，」他笑著說，「只要你做完一件事後回想起來會覺得充實，會覺得你的生活充滿樂趣，會讓你覺得自己扎扎

實實地向前走了一步,這件事就是對的。反過來,如果你做完一件事完全沒有愉悅的感覺,只覺得自己像是踩在雲端,心裡怎麼都不踏實,那這件事就是錯的。」

　　他這句話讓我心裡一動,我敏感地想到了自己,想到了過往經歷的種種事件,我試圖在這些事裡找到類似的感覺。以往可能是有的,跟夢真在一起的時候,或者是一個人默默聽歌讀書的時候,我可能有這樣的感覺,但現在這種感覺已經離我遠去了。喝酒時我感受到的快樂,通常會在酒醒後消失,回望喝酒時的情形,老實說,那感覺並不真切,沒有實感。人們回憶起的喝酒時的情景,或許都是跟自己的朋友在一起的畫面。

　　談起夢想時姜睿眼裡散發的光芒也讓我頗為羨慕,即使是隔著他的眼鏡,那光芒依然穿透而來,我的眼裡從未散發過這種光芒。

　　「可如果一直沒有找到自己喜歡的事呢?那要怎麼辦?」我問道。

　　姜睿面露難色,思索片刻後,有些抱歉地說:「這個問題我也不知道怎麼回答你,我想一想告訴你。」

　　接著我們便各自忙了一會兒自己的事,因為臨近期末,我也認真地複習了會兒資產負債率之類的玩意兒。到了十點,姜睿敲我的門,認真對我說:「我剛才想到了,如果找不到自己喜歡的事,就做自己手邊的事,就先把日子過好,好好生活,

好好照顧自己。」

我愣了一下，沒想到他還會回答這個問題，便也鄭重其事地點了點頭。

六月很快到來。

夏誠已經穿起了短袖，他的每件衣服都是精挑細選，一看便知材質昂貴。姜睿則完全是另外一個做派，簡簡單單的白色T恤，黑色褲子，不管是衣服還是褲子都沒有任何圖案，看著就像是沒有換衣服似的。但如果僅以此判斷他是一個不修邊幅的人那就大錯特錯了，他幾乎每天都會打掃衛生，細心呵護綠植，所在的環境一塵不染，他也經常剃鬍鬚和理髮，總讓自己保持一種精神的狀態。他之所以對穿衣不怎麼在意，只是單純地不感興趣罷了。

這期間我也對姜睿有了更多的瞭解。

他身上有很多我望塵莫及的好習慣，他從不抽菸，也不喝酒，甚少熬夜，即使熬夜第二天也能早起。他幾乎每天都去圖書館，身揹著學業和夢想的壓力，讓他看來常常都孤身一人，我也沒看過他平時會跟別人有太多交談。可他絲毫沒有不安的感覺，或許是因為他有目標吧，我想。

不管怎麼說，得益於姜睿，我的生活規律了不少。

我漸漸早睡了一些，平日裡也可以接觸到早晨了。陽光透過窗戶照在床單上，讓我產生了一種輕微的幸福感。還跟他學了兩個菜，總算能體會到他為什麼這麼喜歡做飯了，原來吃自己做的菜有一種說不出的滿足感，雖然我做的菜算不上好吃。

　　每次看到姜睿一臉認真地在家裡對著電影做筆記的時候，我就覺得自己應該也做些什麼。我漸漸理解了董小滿的話，身邊有這麼一個室友（或許也可以稱之為朋友了，這是我第一次跟另一個人生活在一起，也能說上很多心裡話，姜睿總會分享自己的故事，夏誠則完全不同，他幾乎沒有說過自己的任何事），在無形之中給了我許多安定感。在他身上我感受到了認真的力量，毋庸置疑，我也被這股力量所影響著。

　　六月的第一個週三，早上有一堂課，我已經很久沒有上這堂課了。這天醒得早了，便決定去上課，偌大一個教室，只稀稀落落地坐了四排。下課後，我想著時間還早，又想著很久沒有去食堂吃飯了，沒想到在去食堂的路上遇到了姜睿。

　　我還是第一次在學校裡看到他，他走路的時候也站得筆直，身揹一個黑色的雙肩包，手裡拿著筆記本和教科書，書裡有貼著綠色和白色的便籤紙。

　　「上哪兒去？」我叫住他。

　　「剛從圖書館出來，準備去吃飯。」他說。

我們一起走進食堂，他要了一隻雞腿和兩份蔬菜，我要了魚。食堂的飯菜吃起來就是那樣，我只是吃了幾口，看得出來姜睿也不喜歡食堂的口味，但還是都吃完了。

　　「下午繼續待在圖書館？」我問。

　　「是啊。」他說，「今天的學習任務還沒有結束，還得自學電影嘛。」

　　「為什麼你不覺得悶呢？」這個疑問其實在我心裡很久了。

　　「為什麼這麼問？」姜睿看著我說。

　　「我是說好像你每天的生活都是這樣，」我試著組織語言，說道，「不管是在學校裡還是在家裡你都是在學習，好像沒有停下來的時候。」

　　「當然有停下來的時候，」他笑著說，「我又不是機器人。」

　　「但你好像很少會跟朋友出去玩或者出去喝酒什麼的。」

　　「我這個人不太能喝酒，」他笑了起來，說，「哪怕是啤酒，喝半瓶也會醉，喝酒不適合我，而且也不是只有跟別人聚在一起才算是休息嘛。」

　　姜睿把教科書放進了包裡，又掏出來一包紙巾，遞給了我一張，接著說：「我可能比較習慣一個人吧？比起跟朋友出去喝酒，我覺得一個人在家裡更愜意一點。可能有點難以理解，對我來說一個人去買菜就算是很好的休息方式。很奇怪，每次

我心情不好或者鬱悶的時候,去買菜準能好。」

讓我難以理解的是他的上半句話。習慣一個人,這種事情能習慣嗎?人難道不是群居動物嗎?

他又說:「說起來可能是我性格的原因吧?我不太能接受現在大家的生活方式,又不太擅長社交。你看咱們住在一起之後,也花了三個禮拜才熟絡起來,現在的生活方式太快了,網上發生了什麼我都不太懂,我想我跟別人相比太過於慢熱了,所以就常常一個人了。」

他說完這句話的時候,我被一種強烈的認同感所包圍了。與此同時,周遭的聲音開始不同起來,像是進入了一個與世界並不相同的節奏之中,我能夠清晰地聽到風聲。

看我愣了一會兒,姜睿好奇地問:「怎麼了?」

「沒什麼,只不過第一次聽別人說自己常常一個人,我以為只有我是這樣的。」我說,「可是不會覺得孤獨嗎?」

「孤獨?聽你這句話好像孤獨是個壞事一樣。」

「難道這不是壞事嗎?」我驚訝地說。

姜睿推了推鏡框,一臉神秘地看著我,說道:「我比你早兩年上大學,這兩年我發現了一個了不得的秘密,想不想聽?」

「是什麼?」我問。

「那就是這個世界上孤獨的人比你所能想像的更多。」他

說。

「啊？」我意識到我的語調比平時高了一度，咳嗽了一下問，「我怎麼沒發現？」不管是身邊的同學，還是夏誠，大家看起來都是一副熱鬧的模樣。

「隨著年齡增長，你自然就會發現了，」他說，「我想想怎麼形容，不是有人說人生就像一輛列車嗎？打個比方說，我們都是乘客，那每個人所要去的地方是不同的，所以有人來有人往很正常，很可能都遇不到一個跟你同路的人。特別是我們這代人，這種感觸就更明顯了。」

「我們這代人？」

「嗯，我們這代人。」姜睿重複了一遍，「因為我們的生活方式太多樣了，就像是有人搭地鐵，有人坐車，去往的終點就更不一樣。所以遇不到同路人也正常。」

「聽起來怪難過的。」我說。

「也不會，」姜睿看了看手錶，說，「或許你的周圍只有你一個人去往那個月台，但這個世界上一定會有人跟你去同一個月台的。要相信這一點，所以孤獨只是一個過程，讓你遇到真正的朋友的過程。」

「你是怎麼想到這些的？真正的朋友又是怎麼回事？」我迫不及待地問。

「被迫的，」他笑著說，「先不說了，我得去圖書館了，

回家了再聊？」

我點頭說好。

晚上姜睿照例做飯，吃完飯後我想幫忙洗碗，他卻說不用，洗碗對他來說也是一種休息的方式。真是怪事，這世上居然有人喜歡洗碗，我這麼想到。

時針走到八點的時候，姜睿洗完碗筷，我們就白天的話題又聊了一會兒。我盤腿坐在沙發上，姜睿給自己倒了一杯水，或許是我的表情顯得過於苦惱，姜睿說起了關於自己的一段往事。

「我家裡條件不好，剛上大學的時候還沒有買到電腦。」他開口說道，「所以我只能每個週末跑去網吧，才能上 QQ。我在上大學之前有一個小團體，是四個男孩和兩個女孩的組織，我們六個人感情很好，經常聚在一起。無論是學習還是課餘時間看電影，我們都膩在一起，那感覺就像是無論做什麼事，他們都會陪你一起去。在來北京之後，沒有很快地交到朋友，性格是一個原因，另一個原因是覺得我也不太需要在北京找到朋友。我相信未來我們六個人總還能聚到一起，只要他們在，哪怕有時孤單，也不會真的寂寞。」

說到這裡，他問我要不要喝點水，我點頭說好，他就跑去廚房燒水了。可能也需要一段時間整理要說的話，過了一會兒他才回來，給我倒上水，接著說起他的經歷。

「只要有時間，我們就在 QQ 上聊天，我們有一個群，群裡的話題一直都沒斷過。而且頭兩個假期回家的時候跟他們聚到一起，我就覺得時間好像沒走似的，我們依舊親密無間。這種感覺讓我覺得很踏實，但就在大二的暑假，一切都變了樣。先是有一個男生聚會的時候沒出現，再後來又一個男生也藉故沒來，六個人的團體變成了四個，再後來有一個女孩子也不出現了。剩下我們三個人，我對這其中的變故一無所知，問起緣由他們也不肯告訴我。我們的 QQ 群已經快一年沒有說上話了吧。」

「發生了什麼？」我問。

「其實我到現在也不太清楚，只能猜出個大概。」姜睿搖搖頭說道，「最先沒有出現的那個男生搬家了，跟父親搬去廣東生活。另外一個男生有了新的朋友圈，至於那個女生好像是談戀愛了，因為這好像還鬧了一點不愉快。」

「那剩下的三個人呢？」

「沒話可說了。」他說。

「怎麼會？」我問道。

「事實就是如此，」他說，「我們上個假期還見了兩次，都在說過去的共同回憶，對現在的話題隻字不提。那瞬間我就明白了，能把我們維繫在一起的只有共同回憶，如果不能繼續製造新的共同回憶的話，早晚會無話可說。我有提到自己想要

拍電影，因為這是我很感興趣的話題，所以說得多了些，可說著說著發現他們壓根沒有聽我在說什麼，就這樣我也沒有什麼興致再說。我們所煩惱和思考的事情已經完全不同了，這也不是任何人的錯，只不過大家想要的生活方式不同而已。以前我們還會提夢想或者未來這種話題，但再提起好像就矯情了。再後來我們就似乎有默契似的，誰也不找誰了。」

姜睿喝了一口水，繼續說道：「對了，我忘記說，有了電腦後我也註冊了社交網路的帳號，我也加了他們做好友。大家都發著自己的困擾，當然也分享著屬於自己的生活。但加上好友之後，我們還是沒能說上一句話，有好幾次我打開對話方塊，但就是打不出來一個字。」

「不會覺得可惜嗎？」我問。

「當然可惜，」他說，「有好幾個夜晚我都覺得痛苦，我搞不懂為什麼曾經的友情可以變得如此面目全非，最讓我難過的是，我們那個QQ群也解散了，這還是我去年冬天偶然發現的。我原本以為不講話就已經夠難受的了，沒想到居然就這麼解散了。」

「那⋯⋯」我欲言又止，最後還是問道，「現在呢？」

「也只好這樣了，」姜睿先是搖了搖頭，又說，「我出來住了之後，想通了很多事情。有些事情是不可避免的，它是自然發生的事件，就像是人到了一定年齡會發育，會長高，女孩

胸部會發育，男孩會長鬍鬚一樣。其實自我認知也是一樣的，現在不是很流行『三觀』這個詞嗎？我覺得三觀也是這樣的，它到了一定年齡才會變得堅固。等到三觀堅固下來的時候，你就會發現跟很多人已經沒有辦法再次成為朋友了。」

我試著消化他所說的這些。

「那你為什麼會說這個世界上孤獨的人比我所能想像的更多呢？」我想起了他白天的話。

「因為要成為朋友，就得三觀一致，」他笑著說，「每個人的三觀都很獨特，因此三觀一致是一件很難得的事。即使有，也不會有太多，從某種角度上來說，不可能有人跟你每件事都保持一致，那麼你在那件事上就不可避免地是一個人了。」

說到這裡，他坐起身來，伸了個懶腰。我看了眼時間，時針指著十點的位置。

「但這只是我的想法。」姜睿說，「也不一定就是絕對正確的。說不定這世上就是有人跟你百分之百一樣，做什麼事都能陪伴在你身邊，只不過我覺得機率太低了。」

「聽起來挺讓人絕望的。」我說，事實上此時此刻我就被一股絕望的氣息包裹著，如果這樣，那我又憑什麼奢望有人能夠理解我呢。

「不會啊，」姜睿說，「如果非要說，是一種坦然的感覺吧。」

「坦然？」我覺得自己可能聽錯了。

「是啊，想清楚了這些，就很難再失望到什麼地步了。」

「可是這麼一來，我們每個人都好像不會有朋友似的。」我問，「聽起來不就是讓人絕望嗎？」

「會有朋友的，」他說，「只不過可能不是原先的朋友，這聽著的確很讓人難過，可你要這麼想，不正是這樣，你才能知道哪些是你真正的朋友嗎？」

「但這樣不就矛盾了嗎？孤獨的同時又擁有真正的朋友？」我問道。

「這恰恰是不矛盾的地方，」他說，「首先孤獨不是什麼壞事，很多事情本來就只能一個人做的，就好像讀書吧，你能在人群中讀完一本書嗎？很難對吧？另外朋友並不是用來排遣孤獨的，它不是孤獨的對立面。」

我被姜睿說得暈暈乎乎，排遣什麼，又是什麼對立面？於是我沉默不語，感受著看不見的空氣流動，試著把這幾個詞變成我所能夠理解的句式。

十點半很快就到了，姜睿打了個哈欠，說：「睏了，明天還要早起，差不多就睡了吧。」

我木然地點了點頭，回到自己的房間，換上睡衣，腦袋裡卻一直想著姜睿所說的最後一句話。

我不知道自己是什麼時候睡著的，第二天醒過來，我依然沒有想通姜睿所說的那句話。

　　但經過這幾次長談，我決定做一些改變。我至少明白了一件事，至少這世上不是只有我一個人在遭遇孤獨。姜睿他遭遇孤獨的時候，依然可以做到好好生活，這給了我力量。我剃了鬍子，重新剪了一次頭髮，換了副新的眼鏡。我把帶來的書整整齊齊放在書架上，並拿出一本閱讀。我把手機裡的聽歌軟體重新打開，又聽起了那些歌。一連幾天我都這麼度過，也推了幾次夏誠的邀約，我依然覺得酒精是絕好的東西，但不再因此連白天都失去了。身邊的迷霧依然沒有散去，但隱隱約約地像是有一條道路在眼前。

　　往後我還會有很多困擾，對於「愛情」「友情」和「夢想」這樣的詞彙，我還是充滿了困惑。但這些日子是日後回憶起來，我真正有所成長的第一步。

　　姜睿的那句話我直到很久以後才想明白，如今可以用一段話把他的意思表述完整了。

　　朋友不是用來排遣孤獨的，更不是孤獨的對立面，是因為有了朋友的存在，我們才能夠勇敢並且坦然地面對孤獨。換句話說，玩伴並不代表你們就是朋友，玩在一起很容易，難的是你們願意把彼此當作生活的動力和力量。朋友是即使不能時時刻刻在你身邊，也能給你動力的人，只要想起彼此，未來的道

路就不顯得那麼漫長了。

　　每每想到姜睿，還是能感受到面對生活的力量，這是他作為朋友給我帶來最大的財富，遠不是所謂的人脈可以相提並論的。

　　只可惜當我徹底明白他對我所說的話時，姜睿也已經離開我的生活了。

CHAPTER 07

沒有無緣無故的相遇

暑假到了,我沒有立刻回家,姜睿也跟我一樣,留在了北京。
　　我醒得很早,窗外是個大晴天,夏天已經徹底到來,樹葉是鮮豔的綠色,看著讓人心情舒暢。姜睿起的更早,他已經吃完早餐,給我留了一份。這些日子他一直都是十二點左右睡覺,早上六點半就起床了。我們聊了一會兒,他說自己準備去圖書館,問我今天準備做什麼。我想了想給董小滿發了訊息,自從上次見面之後,已經一個多月沒見了。
　　「那中午一起吃飯?方便嗎?」她回道。
　　「當然方便。」我說。
　　十一點半,我們在一家餐廳見面,這家餐廳也是董小滿推薦的。做的是粵菜,比較清淡,價格也適中,適合我這樣的學

生。最重要的是這家餐廳相當安靜，座位也很寬敞，適合吃完飯後再聊會兒天。眼下是七月，沒有什麼地方比一家安靜又舒適的餐廳更讓人心情愉快的了。我暗自佩服小滿想得周到。

她紮起了頭髮，穿著簡單的白色連衣長裙，一如既往的是她的風格，但或許是因為紮起了頭髮的緣故，看起來比以往更自然了些。原本她就給我這種感覺，但現在這感覺是如此鮮明而富有衝擊力，我一瞬間竟有些恍惚。她跟我笑著打招呼，我聞到了她身上的香水味，很淡，聞起來很怡人。

「看上去精神不錯嘛。」小滿剛一見到我就這麼說道。

我解釋說最近找到了新的住處，室友人很好，生活也規律起來，雖然還做不到早睡早起，但也不至於中午才醒了。另外還勉強可以做到跑步了，覺得精力恢復了許多。

仔細算來，這應該是平生第一次主動並且規律地運動，或許運動給我帶來了意想不到的變化。

當然讓我心情好起來的，是有了可以稱得上為朋友的人。

小滿聽完甜甜地笑了，接著從包裡拿出一個小盒子，盒子被精緻地包裝過。她把盒子打開，裡面是一個樹葉形狀的書籤。「這個送你。」她說。

「怎麼想到送我禮物？」我有點不好意思地說，接過了這個小禮物。

「前兩天去書店看到的，那天你不在。」

「那時候有期末考試就沒去打工。」我說明理由，並說，「書籤很好看。」

「覺得你應該用得上，這樣子就不用折書頁了嘛。」她說道。

這是我第一次收到禮物，這讓我發自內心地欣喜，但又不好意思表現得太過誇張，只好假裝低頭認真地看菜單。我想著下次要送一份禮物回去，可又買不起什麼貴重的東西，也不知道小滿喜歡什麼，想著吃飯的時候找個機會問問她。

小滿一邊吃飯一邊聊著關於書的事，她這些日子又讀了幾本書，說起書裡的故事和句子。我想著或許可以送她一本書，聽她這麼說著，又佩服她看書時的認真。如果不是看書看得很認真，是很難把一本書的故事講得這麼清晰的。

「我讀書後很難想起來裡面的故事。」我說道。

「為什麼？」她好奇地問道。

「不知道，」我說，「好像讀過很多書，但過段時間就都忘記了，我的腦子沒你那麼聰明。」

董小滿莞爾一笑，說：「哪有聰明不聰明，我也不是每本書都記得，只是正好最近讀的，所以印象深刻。」

「嗯。」

「我發現你不知道說什麼的時候就會說『嗯』。」小滿笑

著說。

「啊,抱歉。」

「還很喜歡道歉,」她說,「這有什麼好道歉的呀,對不該自己道歉的事道歉,這可是一個無意識的壞習慣。」

「嗯⋯⋯」

「你看,又來了。」她的笑容很有感染力,總是讓我忍不住跟她一起笑起來。

「好了不開玩笑了,」她收起笑容,接著說,「雖然很多書讀過會忘記,但它們不是就這麼憑空消失了,哪怕有些內容的確會遺忘,但它們只是藏起來了。」

「啊?」我疑惑地看著小滿,琢磨著她話裡的意思,同時想到了夏誠的性價比理論。

「不是所有東西都會浮在水面之上的,它們會變成我們的一部分,深藏在我們心底,在需要的時候出現,給我們一種力量。就像給植物澆的水,會變成植物的養分,這樣才能茁壯生長嘛。這種是隱形的價值,會在未來的某一天迸發出巨大的能量。」

「我大概明白了。」我說。

「從這個意義上來說,我們所經歷的一切也是這樣的。」

我認真點點頭,知道她接下來肯定有話要說。

「上次見面之後,關於你所說的故事,我又想了很多。」

她又要了一杯橙汁，問我要不要，我搖搖頭，她接著說：「如果可以，能把你與那個女孩的故事再詳細說說嗎？」

「嗯。」我說道，然後深吸了一口氣，盡可能地把當時發生的事詳細地告訴了她。其實即便是小滿不開口問我，我或許也會把這個故事完整地告訴她的。

「這麼說，你是因為她的出現，才得以安穩地度過那段最痛苦的日子的。」聽完故事後小滿沉默了一會兒，像是在消化我說的故事，接著對我這麼說道。

「的確是這樣。」我點頭說，「所以失去之後才更讓人痛苦，準確地說，就好像自己的一部分也被她一同帶走了。」

小滿把雙手放到桌子上，十指交叉，整個人向前微微傾斜，她身上的香味清晰了些。她看了我一會兒，然後開口說道：「這麼說可不對哦，在我眼前的這個人不還是完整的一個人嗎？」

「不是這樣，是⋯⋯」我開口解釋。

「我知道，是內心的一部分被帶走了嘛，」她笑著說，「但即便如此，每個人都是獨立的個體，每個人都有自由成為想成為的人，去想去的地方，一個人的離開是沒法帶走屬於你本身的東西的。那是你與生俱來的東西，你不能因為暫時迷失了，就把一切的緣由歸結於他人啊。」

我登時啞口無言。

我突然想到上大學後我把遭遇到的種種困境都歸咎於夢真

的離開，但其實那不是夢真的問題，那是我自己的問題。或許夢真的離開加重了我的自卑感，可歸本溯源，這都源於我自身，是我的心態問題。我恍若被一道閃電擊中一般，借著閃電的光，腦海中的視野突然開闊起來，原本沒有想到的事情此刻出現在我的腦海中，上大學以來我經歷的種種事件，不正是從小就經歷的事嗎？被誤解，找不到人說話，懼怕孤獨，沒有喜歡的事，不懂得怎麼生活，自卑又敏感，這難道是夢真留給我的東西嗎？

不是的，這些是我自身的性格所導致的，是我把所有的答案都寄託在了夢真身上，是我自以為這些問題可以隨著時間的流逝自動地解決。

我沉默地思考著這些問題，沒法跟小滿繼續聊天。她等了我一會兒，看我好似很混亂的樣子，才開口說道：「就算真的那個對你很重要的人離開你了，但對你來說這段經歷應該也算得上好事，我這麼說可能你不愛聽，但是對於當時的你來說，不正是因為有了這段經歷才能安穩地過渡到大學嗎？這世間沒有無緣無故的相遇，也不存在全然錯誤的錯過。每個人的相遇和離開都會留下一些什麼的，我是這麼認為的。」

「或許你說得對。」我點點頭，「只是我做不到那麼灑脫。」

「我的意思不是要灑脫，」小滿搖搖頭說，「是覺得你不應該通過結果去否定過程。」

「嗯，現在我明白你的意思了，我會試著去想通的。」我說。

「好了，不說這些啦，說得空氣怪沉悶的。」小滿說道。

「抱歉。」

「你看你又來啦，」董小滿用手撐著頭，咬著吸管說道，「上一秒不還說要改掉這個壞習慣嗎？」

「嗯……」

她又笑了起來，我也跟著笑了。

飯後她問我下午有沒有什麼事要做，我答道沒有，她便提議到處走走，指不定就能遇到有趣的事。說罷便搶著埋單，我當然不肯，最終我們AA制結了賬。

吃完午飯我跟董小滿一起順著馬路沿街走著，還好今天有風，還不算太過於炎熱。但饒是如此，依舊有一種憋悶的氣息。被太陽烤熱的街道，像是有著放下個雞蛋立刻就能熟了的熱度。街道的行人也看著無精打采地緩慢挪動著腳步，小滿的腳步卻是輕快的，彷彿沒有被這溫度所影響。我們倆並肩走在繁華的街道上，走得熱了便躲進商場吹空調，看琳琅滿目的商品。

「不會覺得無聊吧？」董小滿問。

「不會啊。」

「真這麼覺得？」

「嗯，」我微微點頭，說，「覺得就這麼走路也是一件有趣的事。」

「即使今天這麼熱？」

「嗯。」我說。

「你這人想法挺怪的嘛，」她說道，又是莞爾一笑，「巧的是我也這麼覺得。」

我們又走了一會兒，她突然停下腳步，打了個響指扭頭問我：「要不要去看貓？」

「看貓？」

「嗯，我以前去過一家寵物店，我認識那兒的老闆，她能讓我們在那兒待會兒。」小滿興奮地說道，「不過有些遠，走路要走很久，得坐公車。」

「沒關係。」我說。

我跟著小滿一路走到公交站，我拿出手機看了眼時間，我們剛無所事事地走了一個多小時，時間竟然過得這麼快，我居然也沒有覺得累。上公車後，董小滿選了最後邊靠近窗戶的位置，我跟著一同坐了過去。一路上她興高采烈地形容起那家寵物店裡面的各種貓咪，她還給每隻貓都起了名字，說我到時候見了肯定喜歡。

大約過了二十分鐘，車到站了。我跟著董小滿一路走去，

這是我從未來過的地方,是北京的小胡同。胡同口兩位老大爺坐在屋簷下,一邊搧著扇子,一邊嗑瓜子聊天,臉上一副滿足的表情。不寬的胡同裡是另外一番天地,道路方方正正,筆直地通向前方,身旁牆磚是富有歷史感的灰色,屋簷上鋪著紅色的瓦片,有幾家住戶的屋簷下還掛著紅色的燈籠。路邊停著電瓶車、自行車,還有老舊的三輪車。四合院中長著參天大樹,陽光被遮擋住,讓整個胡同顯得很是清爽。這一切都讓我恍惚間忘了自己身在繁華的北京,忘了那車水馬龍和高聳的大樓。

我們沿著胡同走了一會兒,走到了一條岔路,順著岔路左轉,道路開闊起來。那家寵物店就在前面的第三家,門面不算大,但走進來才發現這兒相當寬敞。小滿應該是跟老闆娘打過招呼,她見我們來了便招呼著我們坐下。出乎意料地是,很多小貓咪並沒有都被關在籠子裡,而是自由地在寵物店的各個角落裡打盹兒。當然,寵物店的門口放著很大的柵欄,防止牠們跑出去。

「我很喜歡這兒,就是因為老闆娘把這些貓咪當作自己的貓在養。」董小滿說。

「你什麼時候接一隻回去?」老闆娘說,「是你的話,算你便宜的價格。」

「宿舍養不了嘛,就算能養肯定也養不好,」董小滿說,「等我畢業了可以好好養貓了,我肯定帶一隻回去。」

接著她們又說了一會兒話，老闆娘就忙自己的事去了，讓我們自己陪貓咪玩會兒。

我是第一次近距離接觸貓，很是新奇，學著貓叫的聲音試圖吸引貓的注意力。

「你以為是逗狗呢？」小滿捂著嘴笑了起來，說，「貓才不會因為你學貓叫就理你。喏，拿著這個。」她給我遞過來一支逗貓棒，自己手裡也拿著一支。

這招果然管用，有兩隻乳黃色的貓咪很快就圍了過來，伸出爪子想要抓住逗貓棒。牠們的眼睛又大又圓，盯著逗貓棒不放，幾乎不眨眼睛，襯得人類的眼睛了無生趣。我把逗貓棒往左邊甩，牠們就看向左邊；往右邊甩，牠們就看向右邊。兩隻小奶貓顯得非常乖巧又可愛，玩了一會兒牠們又走開了，找了個地方坐下，慵懶地蜷成一團睡著了。

「貓咪就是這樣的，」小滿說，「玩了一會兒就不玩了，有時候不知道是人在逗貓，還是貓在逗人。」

「我小時候看過幾隻野貓，」我說，「說實話，以前覺得貓特別可怕。」

「是不是覺得有一種妖氣？」董小滿憋著笑說。

「嗯，特別是那眼睛。」

「哈哈，我明白，」她說，「我以前也這麼覺得，說實話，我現在還是覺得貓的眼睛很神奇。你看牠們的眼睛對光線不是

極為敏感嗎？我覺得牠們的眼睛能看到我們看不到的東西。很可怕喔。」

我被她說得愣在原地，她又笑了起來，說：「看你嚇得，貓才懶得嚇你呢，別怕。」

接著她又給我介紹起在打盹兒的幾隻貓。

「最大的那隻脾氣不太好，你可別招惹牠；你看這邊這隻耳朵折起來的貓，顧名思義，就是折耳貓；這隻灰色的貓是英短，牠脾氣很好，你可以去摸摸牠，牠不會撓你的。」說完便帶著我走到那隻貓身邊，蹲了下來摸著牠的毛，那隻貓正在睡覺，感覺到有人在撓牠，耳朵動了動微微睜開眼，像是想要搞清楚發生了什麼，但很快又閉上了眼睛，發出「咕嚕咕嚕」的聲音。我也順著毛摸了摸這貓咪，感覺很柔軟。

「對了，那邊那隻最胖的貓咪，是加菲貓。你看牠的鼻子，是扁的，整個臉呢，就像被板磚拍過似的。」說到這裡小滿又笑了起來，「但加菲貓可是很名貴的貓哦，特徵是懶，整天睡覺不動窩。」

我們重新坐下後，我忍不住問小滿：「為什麼這麼喜歡貓？」

「說來話長呢，你真想聽？」小滿問。

我認真點頭，窗外的陽光透了進來，恰好打在我們身上。

「記得之前我跟你說過小時候發生了一些事，讓我覺得自己是不被愛的嗎？」

我點頭，當然記得，她說的話我都記很清楚。

「我小時候媽媽就跟別人跑了，現在也不知道她怎麼樣了。」她擠出了一個笑容給我，「那段時間我過得很苦呢，你想，別的小女孩都有漂亮的衣服和好看的鞋子什麼的，我卻什麼都沒有，這麼想很膚淺吧？可說實話，這對於那時的我來說是最直觀的感受，還有，別的小女孩都有媽媽來接她們。我爸因為這個很受打擊，只是一門心思地工作，我那時不知道他拚命工作是為了我，只是很難過，他為什麼不能像別人的家長一樣關心我。我最嫉妒的就是鄰居去遊樂場回來的那天，她媽媽手裡拎著各種娃娃，她的爸爸抱著她，她安心地睡覺。印象裡，我就沒有這樣被抱過。」

小滿說話時注視著正在吃貓糧的一隻小貓咪。

「爺爺奶奶也去世得早，我被迫很早就開始一個人上下學了。我自認為是不完整的，別的小朋友都是幸福的，唯獨我不是。說來好笑，你說一個三年級的小姑娘哪懂什麼是真正的幸福啊，就連『幸福』這個詞都剛學會不久呢。可還是這麼覺得，那時候整天動不動就覺得難過，特別是放學回家的時候。那種一個人的感覺太糟糕啦。」

說到這裡，小滿像是為了鎮定情緒似的調整了下自己的呼

吸，扭頭看著我。

　　我認真地聽她說下去。

　　「後來在路上遇到一隻流浪貓，土灰色的小貓咪，牠看起來髒極了，其實我之前看過牠好幾次，牠跟我一樣都是獨自一個。有一天我看到牠蜷縮在角落裡，我就走到牠身邊蹲下來，跟牠說話，牠怎麼可能懂我說什麼呢，但奇妙的是到後來，牠也喵喵喵地叫了。我本來想待更久，可天都快黑了，我不能不回家，牠就一邊叫一邊跟著我走，一直跟到了家門口。我想它肯定是渴了，就拿來水給牠喝，就在這當口牠跑進了家裡。把我家當成是自己的家似的，一邊走一邊聞。最後你猜怎麼著，牠就躺到我家沙發上去了。我爸回家後一直說要把這隻小貓咪扔出家門，我當然不肯，又哭又鬧好不容易才說服我爸留下它。我爸可能不懂為什麼我非要養牠，其實我是太需要陪伴了，這隻小貓咪就可以陪伴我。從此，牠就成了我們家的家庭成員，我給牠起了個名字，叫阿水。很土的名字吧。」

　　小滿停了下來，看起來彷彿在回憶當時的情景，眼神開始閃爍。

　　「我們一起生活了很多年，阿水最喜歡在我睡覺的時候躺到我的枕頭上，像是在宣告主權似的。我就摸摸牠的頭，牠睡覺的時候可愛打呼了，那呼嚕聲像人似的。你別說我有時候真的覺得牠像一個人，好像牠能懂我情緒一樣。一旦我難過或者

覺得寂寞的時候，牠就跑過來用身子蹭蹭我的腿，讓我去陪牠玩兒，還冷不丁地跳到我身上來。當我有事情要做的時候，牠又安安靜靜地跑開了。阿水最喜歡做的事情就是曬太陽，就跟現在那隻貓似的。」

我順著小滿的眼神看過去，有一隻黃色的貓咪正躺在陽光裡，雙眼微瞇看著很享受。

「我也最喜歡跟牠一起曬太陽，這種時候就好像時間也變得緩慢了，我從來沒覺得曬太陽是這麼溫暖的一件事。那時候我總愛默默地看著牠，覺得牠雖然也是孤身一個，但是看起來一點都不慌張。我想很多吧？你可別笑我，我真的從牠身上看到了這點。」

我趕忙搖搖頭：「我能理解這種感受。」

「真的？」

「嗯。」我用力點頭。

「貓是柔軟又安靜的小動物，柔軟得像水一樣，既沒有翅膀可以飛走，也沒有像烏龜那樣的殼，安靜得有時讓你感受不到牠的存在，牠們不會像狗整天撒嬌。牠選擇安安靜靜的陪伴。當牠睡午覺的時候，我就跟牠一起睡覺，這種時候我什麼都不會想。阿水脾氣也特別好，雖然更多時候我都搞不懂牠在想什麼，但不管我怎麼跟牠玩牠都沒有不耐煩過，從來沒有撓過我。就這樣，我慢慢地情緒好了起來。那天看著牠睡著，肚皮隨著

呼吸一動一動，突然覺得或許這就是幸福吧。我以前覺得幸福是別人給的，是一種宏大的東西，但或許幸福是一種細微、平和同時又源於自身的東西。我之前總是在想自己的缺失，從來沒有想過自己擁有什麼。你看，這世界不是挺好的嗎？我想像著自己是阿水，可以呼吸到新鮮空氣，可以曬太陽，可以在午後打盹兒，就覺得自己其實也是幸福的。」

我聽她說著，又不時地看著正在呼呼大睡的幾隻小貓咪。在這之前，我從來沒有想過小滿有這樣的故事。我想小滿能從貓身上看到這些，一定是因為她本身就是一個溫柔的人，只有溫柔的人才能從貓身上看到這麼多。

「因為有了阿水，我才能安穩地度過童年哦。」小滿接著說道，「這世上的每一隻貓我都喜歡，哪怕只是在路上偶遇一隻可愛的小貓，我也會覺得幸福。因為有了一個小生命的存在，我也決定要好好照顧自己，只有照顧好自己，才能照顧好這隻小貓咪，雖然很多時候牠都不需要我照顧。後來有一天，是五月份的事兒，牠突然間不理我了，一連好幾天都趴在門口，那樣子就像是想離家出走一樣。」

「牠怎麼了？」我問道。

「在一天夜裡，牠靜悄悄地去世了。」小滿輕輕乾咳一聲，深吸一口氣說道，「我想牠是不想讓我看到牠快要去世的樣子吧，想在我心裡留下一個好印象。一定是這樣。」

我什麼話都說不出來，甚至沒有辦法動彈，只是微張著嘴看著小滿。

　　「別擔心，我不難過，」小滿看著我，似乎知道我在想什麼，給了我一個笑容，接著說：「我知道，牠用牠的一生陪伴了我，讓我覺得不那麼難熬。我會記住跟牠在一起的日子有多開心的。只是有一段時間很不習慣呢，我回到家第一反應還是叫牠的名字，以為還可以在沙發上，在床上，在凳子上看到牠。故事講完啦。」

　　說完故事，小滿又站起身來，蹲到一隻小貓邊跟貓玩鬧起來。她伸出手在空中轉圈，小貓的眼睛一直盯著小滿的手，伸出爪子想要抓住小滿的手。玩了一會兒好像是玩累了，小貓翻了個身，開始舔著自己的爪子，清潔起自己的腦袋來。

　　「貓咪還有一個特質，就是可以自己跟自己玩兒。」小滿回過頭看著我說道，「在牠們的世界裡，好像沒有時間漫長這個概念，牠們是一種活在當下的生物。牠們會著眼於自己擁有的東西，從來不會對生活不滿。可能這麼說你會覺得奇怪吧？我是這麼覺得的。我有時候會想，或許只有人類才會不滿足，明明擁有了很多了，還是想擁有更多。你看牠們，只要有吃的、有喝的、有陽光，就可以安安靜靜地過一生了。我們啊，就是做不到這點，所以才會有難過和孤單的情緒吧。其實有時候想想自己擁有的東西，或許就不會覺得孤單了呢。所以我告訴

自己，不管發生了什麼，都要想到自己還擁有很多東西，至少我們還擁有時間，至少我們還擁有陽光，至少我們還可以去想去的地方，至少這個世界還有貓嘛。」

說到這裡，有隻貓咪突然蹦到了我的腿上，在我腿上轉了個身，像是在尋找最舒服的姿勢躺下。這是一隻土灰色的加菲貓，說實話牠有點重，肉嘟嘟的。我嚇得動都不敢動，生怕讓牠不舒服了。大概是我的樣子太滑稽，董小滿笑出聲來。我伸出手輕輕地撫摸牠的毛，小貓咪抬頭看了我一眼，打了一個哈欠，接著把自己蜷成一團。

「看樣子你也很招貓咪喜歡呢。」董小滿說，「你可以用手輕輕地撓牠的腦袋，牠會很舒服的。」

我按照董小滿的說法撓著牠的腦袋，不一會兒，我聽到牠發出咕嚕咕嚕的聲音。又過了一會兒，正當我覺得雙腿有點累的時候，牠好像知道我在想什麼一樣，從我身上跳了下去。

一下午的時間就這麼過去了，陽光和貓咪溫柔地包圍著我們，我看著小滿一直用溫柔的眼神看著小貓咪，覺得午後的時間過得如此短暫又柔軟。

到了快五點的時候，董小滿站起身來，打趣似的對我說：「今天晚上還喝酒嗎？」

「已經好幾天沒有喝啦。」我說。

「嗯，」小滿露出很甜的笑容，陽光一直灑在她身上，聚

成一種特別的顏色,那顏色也照亮了我。我感覺到自己內心正在逐漸地復甦,她接著說:「那一會兒一起去吃飯吧。」

我點了點頭,腦袋已經無法思考更多的事了。

我本以為小滿要帶我回大學城周邊找一家店吃飯,沒想到她告訴我,要去她高中時常去的小吃一條街。那條街離我們所在的寵物店有很長的一段距離,我們先是坐公車,又轉了七站地鐵,最後還得坐四站公車。

坐上公車後,睏意襲來,我已經好久沒有走這麼一整天路了。我迷迷糊糊地睡了過去,醒過來的時候發現小滿也睡著了。她靠在我的肩膀上,我不敢說話,也不敢亂動,只好扭頭看窗外倒退的街景。

不一會兒小滿醒了過來,我滿臉通紅,她好似什麼都沒有發生一樣。下車後我跟小滿沿著斜坡一路往上走,我看著路邊的小賣部,看著路邊堆滿的電瓶車,看著不遠處的天橋,總有種說不出來的熟悉感。但我的的確確是第一次來到這個地方,這種熟悉感我不知道從何而來,我看著身旁的小滿,突然意識到她也給我帶來了一種熟悉感。我開始覺得,一個人給你帶來的熟悉感,並不是通過時間長短來判定的。有時你可能遇到一個陌生人,但就是覺得熟悉;有時你可能跟身邊的人生活在一起許久,可還是覺得他像一個陌生人。

我沒有多想,因為很快就走到了她所說的小吃街。

這條小吃街不算太繁華,或許因為地理位置偏僻的緣故,來來往往的人並不多。小滿一臉興奮地告訴我:「我上高中的時候,幾乎每個星期都會來這裡吃飯。」接著她帶我走到了一家麵館。

我們一邊吃麵一邊聊天。

「怎麼樣?」她問我。

「很好吃。」

「是吧,」她眉毛一挑,說,「可能下午提到了小時候,就突然很想來吃高中的時候吃過的拉麵,還好,還是那時候的味道。我好久沒回來啦。」

「的確挺遠的。」我說。

「不僅僅是這個原因,」小滿說,「我是初二才搬到北京的哦,所以在北京一直跟著我爸租房子住,經常搬家,在來北京之前,我一直在四川生活。」

「我一直以為你是北京人。」我說道。

「才不是,」小滿說,「是因為我爸工作的變動,我們才搬來北京的,對了,阿水也跟我們一起搬到北京了。說起來我真的太討厭搬家了,好不容易習慣一個地方,就要搬到完全陌生的環境。我到現在都覺得北京的生活節奏太快了呢。」

「我也這麼覺得。」

「是吧？真的，怎麼就不能慢下來呢？就拿學校來說吧，明明是要生活四年的地方，可很多人一門心思想著的都是畢業後的事，再不就是也不怎麼來學校，最愛去校外的地方，要我說以後能去那些地方的機會多的是，倒是往後想再體驗上學的生活就難了。為什麼要提前體驗人生呢？活在當下就好。」小滿用很大人的語氣說道，她遠比我要成熟，想得更多更遠。

　「小滿，你的高中生活是怎麼樣的？」我問道。

　「沒什麼特別的，」小滿想了想，接著說道，「我算不上很起眼的女生，成績不拔尖，體育也一般，又沒有什麼特長。」

　「是嗎？」我有些詫異，我一直以為她是那種情書收到手軟的女生。

　「怎麼？」小滿問，「看你好像很驚訝的樣子。」

　「嗯，」我說，「……我覺得你是那種很受低年級學弟喜歡的女生。」

　「啊哈，你這麼覺得啊，不過不是這樣的哦，有生以來也只收過兩封類似於情書的信，」小滿笑著搖搖頭，說，「說實在話，我算不上受歡迎，也不熱衷於出風頭。我小時候就這樣，同學們都特別愛參加什麼文藝表演，我偏不喜歡，合唱啦、集體朗誦啦，我都不喜歡，可也無可奈何。其實我特別喜歡唱歌，就是不想唱自己不喜歡的歌。還有就是幾家人聚在一起的時候，過年的時候吧，大家都把自己的孩子當成自己才能的一部分來展

示,有人會背唐詩三百首,有人會跳舞,有人會說好聽的話。我爸總叫我去唱歌來著,我偏不唱,有好幾次都惹得他生氣呢。」

「我也受不了,會渾身彆扭。」

「對對對,就是這感覺,另一點是我為什麼要唱歌給根本不懂這首歌的人聽呢?他們聽完也就是說幾句恭維話啦,彷彿功勞都是我父親的,我才不要呢。就算要表演,也要給那些會真誠給你鼓掌的人看,我總覺得在學校的氛圍裡,很少有人真正地會注意到你所想要表達的東西。大家都在爭相讓自己引人注目,就說那些文藝表演吧,千篇一律都是那些歌,但有多少人真的喜歡那些歌呢,我想得打一個問號吧。這麼說是不是有點任性?」

「不會,我覺得這反倒是應該堅持的品質。」我正經地回答。

「應該堅持的品質,」她又重複了一遍,拍了下手說,「舉雙手贊成。」

「所以我的高中時代就是這樣,說起來受歡迎的是安家寧啦,她是那種不需要刻意表現自己也能抓住眼球的那種人。我呢,就是在她身邊的普通人。」

「這樣啊。」我說,你有一種不加修飾而打動人心的氣質,一點都不普通,我在心裡這麼說道。

「但是她就死心塌地地喜歡夏誠,你不知道,她那時候對

夏誠以外的男孩子可沒有好臉色呢。不管追她的男孩子有多優秀，她都不會多看上一眼，她眼裡和心裡只有夏誠，像是被夏誠施了魔法似的。但當我們問她為什麼喜歡夏誠的時候，她又說不出個所以然來。」

「可能是因為夏誠很引人注目吧？」我說。

「絕對不是這種理由，」董小滿堅定地說，隨即又無奈地攤手，「不過感情可能就是沒有原因的事情吧，天時地利與人和，三個因素加在一起，bong，就被丘比特的箭給射中了。不過有時候丘比特可不都是安著好心眼呢。」

「什麼？」我驚訝地說，意識到小滿話裡有話。

「沒事，」小滿沒有就這句話繼續說下去，「我就是這麼一說。反正我是不理解丘比特的想法，至今為止也沒有被丘比特射中過。」

「一直都沒有談戀愛？」

「沒有，」小滿說，「不知道為什麼總是差一點呢。安家寧也問過我選男友的標準，我說沒有標準，我追求的是心靈上的契合。」

「可能沒有標準才是最高的標準。」我說。

「是嗎？」

「嗯，」我正色道，「因為按照條件去找一個人，總能找到的，可如果沒有標準的話，那就很難了。」

「有一陣子我常常跟自己賭氣。」她說。

「跟自己賭氣？」

「嗯。」她笑容滿面地說，「氣自己為什麼非要找心靈契合的戀愛不可，有時候真的很羨慕那些談戀愛的朋友。陳奕洋，你有沒有那種時刻啊。就是那種特別想找人說話的時刻，對方是誰都無所謂，只要有那個人就行。」

我幾乎沒有思考這個問題，就用力點頭。

「可是我發現，一旦真的有人站在我面前了，我就一句話都不想說了。說什麼對象無所謂，其實只是跟自己賭氣而已，到頭來還得是對的人才行吶。」

「說不定就是這麼一回事。」我說。

董小滿愉快地笑了，啪地一聲打了個響指，「陳奕洋，你信不信磁場啊？」

「磁場？」我第一反應是物理課上學的那些玩意兒。

「我不是說那種物理課本上學的磁場，」她笑著說，「是人與人之間的磁場，每個人都自帶著磁場，所謂的朋友就是磁場相吸的人，有時候你只要看對方一眼，就能知道他跟你能不能成為朋友。」

「像是電台？」我想像著電台，只有調準頻道，才能接收到正確的信號，一旦頻道不準確，那信號所留下的只有「滋滋滋」讓人煩躁的聲音。這跟董小滿所說的大概是同樣的道理。

「嗯，像電台。」董小滿點頭表示認同。

我們邊聊邊吃完了麵，小滿一臉滿足的樣子，我也覺得很久沒有吃到這麼好吃的麵了。吃完飯後，小滿看著心情大好，帶著我沿著小吃街一路走去。現在是晚上八點多，終於不那麼熱了，我跟她走在人不多的小路上，不時有車開過，知了的叫聲也不再煩人，連風的速度都剛剛好。小滿的連衣裙的裙襬隨著風飄擺起來，我們就這麼一直沿著路走了許久。她跟我說起很多她以前的事，在路過一個社區的時候，小滿告訴我這是她住過的社區，說起曾經在這裡住著的點點滴滴，拉著我走進社區，一臉興奮地告訴我，一切都沒變。說話時，她的笑容顯得那麼明媚，眼睛依然是那樣的晶瑩清澈。

就這麼一直走到十點多，我們才坐上公車原路返回。這一路上我們還說了許多話，但遺憾的是我已經記不太清了。只記得我們沒完沒了地說著，話題一個接著一個，像是被擰開了水龍頭的水源源不斷。我跟她在大學城揮手告別，還得一個人再走十幾分鐘的路程。她走後，走路就變得了無生趣，眼前的風景不再活潑，一下子變得空空落落。我回想起今天一整天跟小滿走在一起的情形，那感覺就像是去了一個重力不同的行星似的。

這是發生在我身上的事情嗎？我不由得產生懷疑。

回到家已經快十一點半。姜睿難得的還沒有回房間，他在

客廳的書桌上正寫著一些什麼，看樣子是又在琢磨拍電影的事。他這陣子正在寫劇本，整天冥思苦想，見我回來了，他抬起頭問我：「今天看起來有好好打扮，約會去了？」

「沒有，沒⋯⋯有。」我支支吾吾地否認。

姜睿推了推眼鏡，露出柯南推理出事實真相的表情：「從你的躲閃的眼神看得出來，你在說謊，而你說話的語氣又顯得很慌張，最重要的是，你今天居然戴了隱形眼鏡，決定性的證據是⋯⋯我今天中午看到你和一個女生吃飯來著。」

「不是，就是一個普通朋友。」我說。

「行行行，我看你那時的眼珠子都快掉出自己的眼眶了，」姜睿說，「那女生跟你挺般配的嘛。」

「你今天怎麼跟平時不太一樣？」

「這兩天為了寫劇本，看了很多偵探電影。剛才那段怎麼樣？」

「很不錯。」我用投降的語氣說道。

我折回自己的房間，躺到床上，在腦海裡回想今天跟董小滿的交談，每一句話都歷歷在目。我意識到回憶起這一天的時候臉上都掛著笑容，正當我這麼想著的時候，一絲不安突然襲來，並且迅速擴大。

我很快明白過來這不安到底是什麼。

我在害怕，我害怕這一切都是自己的自作多情，或許我是

把她的善良當成了另外一種情感。

　　與此同時，我更害怕再次愛上一個人，再次把所有的心思都放在一個人身上，結果有一天，那個人突然悄無聲息又毫無徵兆地離開了我的生活，我就被拋棄了。那種痛苦再次呈現在我的眼前，這讓我害怕，讓我恐懼。

　　等我回過神來，原本聽得到的聲音突然聽不到了，風聲、說話聲、車流經過的聲音，還有那蟬鳴的叫聲都離我遠去。一切都還是原來的模樣，可在我眼裡已經具備了完全不同的色彩。

　　我儘量讓自己不去在意那些，可怎麼也睡不著。

　　第二天醒過來，我給董小滿發了訊息，當然什麼也沒有說。只是想到她喜歡讀書，便找了個關於書的話題，她的訊息回得很快，即便只是看著文字，我也能想像到她的神情。

　　就這麼過了一個星期，那絲不安眼看著就要消失，我在街道上無意間看到了董小滿。

　　那天是星期日，我正從家中去書店打工的路上，夏天的陽光是如此地炙熱，太陽晃得我睜不開眼。途經商場，我想從商場中穿過，逃避一會兒日曬，恰好在商場一樓的咖啡廳看到了董小滿。她一個人坐在靠窗邊的位置，我剛想去打個招呼，突然看到她抬起頭跟一個男生笑著打招呼。那個男生手裡拿著兩杯咖啡，一臉笑容地走向董小滿，一副自然又親切的模樣，透著玻璃都能感受到他笑容裡的陽光。小滿一直看著他走近，接

過他手裡的咖啡，兩個人好像在談論著什麼，只是短短幾句，小滿就露出了極為燦爛的笑容。

不知道為什麼，我覺得這笑容跟她在我面前展現的不同。回過神來，我便趕緊離開了商場。走到馬路上，深呼吸了幾次，稍微平復了下心情。

或許只是她的朋友呢？兩個人並沒有親暱的行為，看著的確更像兩個朋友在一起聊天。可為什麼我能感受到一種奇妙的感覺呢，那感覺並不好受，像是空氣中都充滿著看不見的顆粒，讓我的呼吸都變得困難。北京此時此刻的天空也顯得低沉，剛才刺眼的陽光眨眼不見了，或許是要下大雨，突然刮起風來，能見度很低，這讓我眼前的大樓失去了現實感。

我到底在想什麼？我腦海裡浮現起了夢真離開的那個夏天，那已逐漸遠去的記憶又再次變得清晰起來。但我明白我現下所感受到的痛苦並非是夢真的離開，而是全然不同的一種東西。我敏感的心再次跳躍起來，這痛苦細微又複雜，像是嫉妒，又像是自卑。

一直以來事情不都是這樣嗎？我所能扮演的只是傾聽的角色，能給別人帶來的歡樂少之又少，這一點我心知肚明。我是多麼無聊的一個人啊，又怎麼可以幻想著或許別人也喜歡我呢？又有什麼資格去嫉妒呢？

夏天真是一個會讓人胡思亂想的季節，而冬天有時會讓我

沒緣由地難過。

其實只要當朋友不就足夠了嗎？我對自己說。

想到這裡，一切又好像豁然開朗了起來。

我想到了這一年來所接觸到的人，所擁有的朋友，所做的改變。至少一切都在向好的一面發展著，我也有了能說上話的朋友，這些都足夠讓我感激了。

當你心情不好的時候，就想一些你所擁有的事情。董小滿的話再次浮現在我耳邊，說來奇怪，這時候讓我平靜下來的居然又是她的話。

然而就在夏天快要結束的時候，一切發生了天翻地覆的改變。當一個人以為一切終於開始向好的方向發展時，命運總會站出來跟這樣的人開玩笑。

彷彿一切都是為了應證姜睿所說的話，車到站了總有人要先離開，一個接著一個。

CHAPTER 08

蓄謀已久的告別

七月中旬我回了趟家。
　　家裡的空氣依然沉悶，就連故鄉的風景都讓我開始覺得陌生了。讓我覺得熟悉的還是只有奶奶。她所在的那個小小鄉鎮依然是我記憶裡的模樣，除了跟奶奶說上話之外，我跟誰都沒有再說話。

　　八月過了一半，我便找了個藉口回到北京。給奶奶告別時，她讓我注意身體。在回北京的飛機上，我意識到我開始用「回」北京這個字眼，是回到北京，而不是去往北京。我想這是因為在北京至少有能說話的朋友，那裡的生活終於步入正軌。
　　這期間我跟董小滿保持著短信聯繫，完美地把自己放在一個朋友的位置，不讓自己產生多餘的期待，這樣一來，心情也

輕鬆了不少。回到北京之後，空氣一下子新鮮起來，讓我很想找人說說話。拖著行李回到北京的家中，發現姜睿不在家裡，我覺得有些奇怪：在我回家之前，姜睿跟我說過他也要回一趟家，但一週後就會回來。他應該早就回北京了，現在又是晚上十點多，他會去哪裡呢？我打開手機，才發現我們上次發訊息已經是一個多星期前的事了。

我給他發訊息說自己回來了，想問問他在哪兒，什麼時候回來，但沒有回覆。

我給董小滿同樣發訊息，她說自己躺著準備看會兒電影睡覺。我想了想，又發了一條訊息給夏誠，剛合上手機，他的電話就來了。

「有空的話來我家看球？」電話另一頭的夏誠說道，「咱倆也好像很久沒見了吧？」

「沒問題。」我把行李放下，稍微收拾一下就出了門。

夏誠穿著一套睡衣給我開了門，我坐下後，他從酒櫃裡拿出了一瓶威士忌，擺出了配套的威士忌酒杯放在乳白色的茶几上。接著又打量了一番酒杯，站起身來走到了廚房，從冰箱裡拿出了他準備好的冰塊。可能是太久沒有喝威士忌了，剛喝了兩口只覺得嗓子有些火辣，我便問他家有沒有啤酒。

「啤酒有什麼好喝的，一點都不帶勁。」他雖然這麼說著，

但還是幫我拿了一瓶啤酒,「不覺得啤酒只是脹肚子嗎?喝起來又跟白開水似的。」

他說得在理,但我還是堅持喝啤酒。

我們有一搭沒一搭地聊著天,老實說我們已經很久沒有這麼說話了,我也很想念這種感覺。

我環視他家,發現客廳的一角多了一個我只在電視裡看過的東西。那是一個木製的桌式足球台,可以通過桌子兩邊的操作桿來控制同樣用木頭製作的球員,旋轉木桿就可以旋轉球員,用旋轉的力道去踢桌子中的小足球,像是真的足球比賽一樣。

「來一局?」他問道。

結果當然是我被踢了個落花流水。

「這需要技巧。」他這麼說道,靈活地操縱著球員,再一次踢進我防守的大門,「掌握好技巧就很容易了。」

「對我來說太難了。」我嘆道,舉手投降。

「只要練習就好了。」他說,「其實沒那麼難的,我練了幾天就上手了。」

他的語氣裡依然充滿著自信。

「就算我想練習,也沒有這個條件嘛。」我說。

「你想要的話送你好了,反正也不值太多錢。」他熟練地又進了一個球。

「不用不用,」我趕忙說,「我家也沒地方放。」

「那還真是可惜，這玩意兒我也用不了多久了。」

「什麼意思？」我不解地問。

「年底我就要出國了。」他輕描淡寫地說。

「啊？」我意識到自己的聲音太過於大聲，便拿起手邊的啤酒喝了一口緩解尷尬。

坐回沙發後，他點起了一根菸，邊抽菸邊指著書櫃說：「你看，這兩個月我一直都在學雅思。」

「雅思？」

「International English Language Testing System，怎麼樣，我的發音還標準吧？」他說。

「是要出國用的英語測試吧？」我想起來之前好像聽說過。

「Bingo。」他用雙手指了指我，又說道：「特別是要去英國的話，必須考雅思。」

「要去英國？」我說，「怎麼這麼突然？」

「也不突然，只是以前沒機會跟你說，我早就想離開北京了，原本出國就是我人生規劃的一部分。」夏誠把玩著打火機，然後說：「你想，我從小就生活在北京，對別人來說這座城市可能充滿各種魅力，有各種新鮮的事，但對我來說就不一樣了，我在北京待了二十年，這裡每天發生的事都差不多。在一個地方待久了，就想去更遠的地方生活看看，這也是人之常情吧。而且這年頭，出國不也是一件稀鬆平常的事嗎？」

「站在你的角度來看，或許真是這樣。」我說，「對我來說這就太遙遠了。」

「也不一定，」他把菸熄滅，舉起酒杯，「說不定未來我們會在倫敦相遇呢，或者在另外一個城市相遇，到時候咱們再一起喝酒玩遊戲。生活充滿各種可能性，不要忘了這一點。」

我沉默無語，默默喝著啤酒，夏誠饒有興致地看著電視。一時間客廳裡只剩下電視裡足球賽的聲音。沉默中我想到了安家寧，想起我跟她第一次見面的情形，她那小心翼翼又滿懷期待地跟我說著夏誠時的表情。「那安家寧呢？她也跟你一起出國嗎？」我問道。

「不知道呢，我還沒跟她說。」他說。

「啊？你都沒跟她商量一下嗎？」

「結果不會因為我們商量而產生任何改變。」說這話時，他的表情沒有任何變化。

我在腦海裡想了想措辭，說：「你可得想好，這可不是什麼小事。」

「這我知道。」他說道。

球賽結束後，他關掉電視，用手機連著音響放著音樂，跟我說起他與安家寧的故事，他的父母和安家寧的父母都認識，從他小時候起兩家人經常聚在一起，一來二去他和安家寧就熟

悉了起來，又上了同一所初中和高中。身邊的人都覺得他們般配，他們自己也這麼覺得，順理成章地在一起。據他所說，他連表白的步驟都省略了，只是有一天晚上在訊息裡提了一嘴。他把自己的感情故事說得極為平淡，就像是他們除了在一起也沒有其他選擇一樣，這是一件自然發生的事件。

我忍不住插嘴：「為什麼聽你說這個故事的時候覺得很平淡呢？」

「就算我想把它說得不平淡也沒有辦法，」夏誠又喝了一口酒，「說得具體一些，就好像我們在一起的時候，就已經跳過了戀愛的階段了。」

「怎麼可能？哪有人剛在一起就跳過了戀愛的階段。」我說。

夏誠笑了一下，我捉摸不透他笑容裡的意思。「這是事實，我太瞭解她，她也太瞭解我，我們少了一些灰色地帶。啊對了，神秘感，少了一些神秘感，這導致了我們之間太平淡了，像是一眼就能看到頭似的。」

「我體會不到你說的感覺。」我無奈地說道。

「就好像是還沒成為完全的自己就已經在一起了。」他補充說明。

「那現在呢？」我問道。

「現在我們的步調已經無法同步了，我們喜歡的東西不同，

我喜歡踢球、喜歡喝酒、喜歡大家聚在一起熱熱鬧鬧，但她不喜歡，也可以說適應不來這樣的生活。有時候她是為了我才去那些場合的，這我知道。我們所嚮往的生活也截然相反，我期待去更大的世界，去更多的地方看看，去磨礪自己；但她是一個戀家的人，對她來說，沒有哪兒比北京更好了。上大學後，她的生活還是一成不變。這是一個巨大的悖論，兩個人越是一起生活，反倒越是發現不同之處，」他說，「我已經決心擁抱新生活了，這誰也改變不了。」

　　我一時失去了語言，客廳裡的音樂聲恰逢其時地傳到耳朵裡，讓我沒有辦法很好地思考。好不容易把自己從這個狀態裡拉出來，夏誠正說著話。

　　「老實說我覺得跟家寧分開一段時間，對她也是一件好事。」

　　「啊？」我掩飾不了驚訝，雙眼直盯著夏誠。

　　「永遠跟我膩在一起，她是沒有辦法長大的。跟她在一起我很幸福，這我知道。但人終究是要獨立成長的不是嗎？我沒有必要停下我的腳步去等她。再說，她知道我就是這樣的人，我不會為了感情而錯過就在眼前的機會的。如果我為了安家寧留下來，對我豈不是一件不公平的事？」

　　他說話時我感覺到了冷漠，我忍不住想，夏誠到底是一個什麼樣的人呢？明明他對陌生人和朋友極其有禮貌，溫柔又體

貼，可是一說到安家寧，他那種高傲又無所謂的態度讓我覺得陌生。莫不是他對於陌生人的態度，是他所謂的為人處世的才能？

不，不能這麼想，這麼想下去我就會失去眼前的這個朋友，即使我們本就算不上親密無間。

「不管怎麼樣，一定有個解決的辦法。」我說。

「說到底，我不可能把感情放在第一位的。」他說，嘆息一聲，「這連我自己都改不了，家寧也很清楚。」

「可你不能一聲不吭地消失吧？」這豈不是跟夢真一樣嗎？

「不，當然不會，這樣就變成不負責任了。我會開誠佈公地跟她聊一聊，」夏誠說，「給她選擇的自由，如果她不願意等我了，不等就是了；如果她願意等我，那就順其自然。」

我嘆了一口氣，問：「那你準備什麼時候告訴她？」

「過幾天吧。」夏誠說。

「無論如何，你都要好好跟她說，儘量照顧她的情緒。」

「放心，」他笑了起來，「怎麼一副擔心的樣子。」

我動了動嘴皮，但什麼話都沒有再說。夢真是不是也是決心擁抱新的生活，所以才離開我的生活呢？老實說，我沒有任何答案。我意識到就像說服不了夏誠一樣，倘若真的讓我知道夢真離開的理由，我也沒有辦法說服她。

一旦一個人下定決心要離開你，或許你做什麼事都沒有用。這是我在夏誠眼裡讀到的東西。

這一話題告一段落，他提議再玩遊戲，我沒有了玩遊戲的興致，便說自己準備回家了。

　　「這麼早？」他看了眼手機，用的是最新的一款觸屏手機，「才十二點剛過，說不定一會兒咱們還能去酒吧喝酒。」

　　「不了。」我想起了上次酒局的情形，那場景已經失去了魅力。

　　「陳奕洋，」他突然嚴肅起來，問我，「是不是覺得我太過於冷漠了？」

　　我一瞬間不知道是不是應該說出內心真實的想法，「有點。」我還是這麼說道。

　　「我明白，換成任何一個人都會覺得我冷漠的。聽起來像是狡辯，但我深思熟慮過，這不是我的問題，也不是安家寧的問題，」他說，「如果兩個人可以永遠同步成長，生活可以永遠一成不變，這自然最好，可這是不可能的，問題就在這裡。」

　　這是那天我們所說的最後一句話。

　　回家的路上我腦海裡再次浮現起安家寧的模樣，暗自祈禱她不要因此而太過痛苦。

　　姜睿第二天依然沒有回來，發的訊息他也沒有回覆。

　　一整天我都在猶豫要不要跟董小滿說夏誠的事，讓她先讓安家寧有個心理準備，但又覺得這實在不是我應該插手的事，

畢竟我和安家寧的接觸算不上太多。而且這件事應該也最好由夏誠自己來說才對，我只好把這件事按下不表。

那幾天，董小滿跟我的聊天中沒有任何異常，我想說不定夏誠跟安家寧的結局不至於像我想像的那麼糟，又過了幾天，我接到了董小滿的電話。

這已經是夜裡快十二點的時候了。

「不好意思，你還沒睡吧？如果還沒躺下的話，可以過來一趟嗎？」她問道，說話的語氣裡透出一絲不安的感覺。

我用平生最快的速度從床上爬起來，趕到了她電話裡所說的地點。在昏黃的路燈下，我看到了董小滿，還有安家寧。她們坐在公交站台裡的座位上，通常董小滿見到我總是會熱情地打招呼，但這次她跟我揮手的時候顯得有些心不在焉。走到她們跟前，安家寧才看到了我，一看便知她精心打扮過，但與之相對的是臉龐沒有任何神采，嘴唇慘白。

「你怎麼來了？」安家寧說，或許是出於禮貌，她依然給了我一個笑容，但她整個人的感覺就像是剛被雨淋過一番，聲音裡藏著某種讓人難過的東西，我隱隱地猜到發生了什麼。

「是我叫他來的。」董小滿對安家寧說，接著又湊到我身邊問我，「夏誠的事你知道了吧？他說前兩天跟你喝酒，我想他應該告訴你了。」

「嗯。」我點頭，「那天他跟我提了一些。」

「他怎麼說的？」董小滿問。

「嗯⋯⋯就是說自己要出國了。」我說。

「還有什麼別的嗎？」

「沒了，」我說，「我們沒有聊很久。」

董小滿看著我的眼睛，像是要查看我是否有說謊，但夏誠對我說的話依然不應該我來說，現在也不是說的時候，便趕忙問董小滿：「夏誠跟安家寧聊過了？」

「是，就在今天。」她面露不快。

「什麼時候？」

「他們吃飯的時候，具體情形我也不知道，當時我不在。」董小滿看了眼安家寧，接著小聲跟我說：「後來我就接到了家寧的電話，她跟我說了夏誠要出國的事，電話裡她不肯多說話，我怕她出事就趕緊過來了。可是到現在我們說的話都不超過五句，我很擔心，但她不肯回家，哪裡都不肯去，就想著叫你過來，問問你夏誠有沒有對你說什麼，而且半夜有男生在心裡踏實一點。」

「嗯。」我點頭，也看向了安家寧。她今天精心打扮過，化著精緻的妝，戴著白色的耳環，整個人依然打扮得相當漂亮。我想像著他們吃飯時的場景，安家寧大概壓根就沒有想到夏誠會說這些，她說不定滿懷著期待打扮妥當去跟自己的男朋友見面，期待著今天的約會，但怎麼也沒有想到他要說的是要出國的事。

如果是一般人，或許會有迴旋的餘地，或許會好好哄女生開心，說一些好聽的話，然後爭取兩個人能夠繼續在一起。但夏誠不會，我想起了他對我說話的語氣，他這人就如同他自己所說，跟自己的未來比起來，感情是可以割捨掉的部分。既然他說要開誠佈公地聊一聊，只怕也跟安家寧全盤托出了自己的想法。

他那平靜又冷漠的表情再次展現在我面前，我不由得倒吸一口涼氣。

我想著應該說什麼話緩和一下氣氛才好，發現自己壓根不知道說什麼。安家寧神色漠然，看著前方的一片黑暗，沒有任何其他的表情，甚至可以說是出奇地平靜：平靜得讓人更擔心，也讓人不知道該怎麼安慰。

我看向董小滿，她也一副手足無措的模樣。

不知道過了多久，我問董小滿：「那夏誠人呢？」

「誰知道。」小滿的語氣裡半是憤憤不平，半是無奈。

「或許他在喝酒，要不我給他發個訊息，應該能問到他在喝酒的地方。」我提議道。

「不用了。」安家寧打斷了我們，這是她這麼長時間來第一次說話，或許因為太久沒有說話的緣故，她的嗓子聽起來很沙啞，也有些有氣無力。

「家寧，有什麼情緒都發洩出來，有什麼想說的都告訴我們。」董小滿說。

「真的沒事的,你們先回去吧。」安家寧說。

「那怎麼行。」董小滿繼續說道,「怎麼能留你一個人在這兒?」

「是啊。」我也這麼說,「我們送你回去吧。」

安家寧終於抬起頭,看著我們,但我察覺不到她眼神的焦點在我們身上。她沉默了一會兒,像是在想什麼事情,開口說道:「我想走走,可以嗎?」

「想去哪兒?」董小滿問。

「不知道,只是不想回家。」安家寧說。

她站起身來,董小滿也迎了過去,並肩走在我的前方,我默默地跟在她們身後。北京的夏夜是如此地悶熱,這麼長時間來居然沒有一點風,空氣似乎也是凝固的。安家寧身上流露出的氣場,讓我覺得她整個人的心思壓根兒就不在這裡。我看著她的背影,過了一會兒才想起來,有那麼一段時間我走路的模樣也是這樣,低著頭,什麼風景都不看,雙腳像是被灌了鉛一樣,走每步路都需要力氣,也因為沒有要去的地方,腳步是如此緩慢,連聲音都沒有。

董小滿一直嘗試用各種話題引起安家寧的興趣,想讓她多說說話,分散她的注意力。剛開始安家寧還有一搭沒一搭地說話,但後來就不再回應了,董小滿也不知道該再說什麼。沉默再次降臨,像是堅硬的石塊難以打破。我們三個人就這麼走著,

沿著人行道一路往前走，又走過一座天橋，安家寧在天橋上看了一會兒街景。眼下的街道居然還有不少車路過，即使是深夜，北京依然是一個熱鬧的城市，城市是不會落寞的，落寞的只有人而已。

董小滿走到安家寧身旁，她們兩個一動不動又無聲地看著眼前的風景。此刻安家寧在想什麼呢？小滿又在想些什麼呢？我自然無從知曉。

良久，安家寧說：「陪我去喝一杯吧，突然想喝酒了。」

「好。」董小滿說，「你今天想幹什麼我們都陪你。」

我想了一下以前喝酒的地方，但哪裡都不太合適，那些地方很可能會出現夏誠的身影。最終我們走過兩條馬路找到了一個唱歌的地方，這是一個很簡陋的唱歌房，董小滿和安家寧的打扮惹得走廊裡走過的人不停地回頭看，但安家寧並不在意這些，她徑直走向唱歌房裡買酒的地方，要了一瓶人頭馬的VSOP，我想起來，這是去年夏誠生日時喝的酒，又想起那天的安家寧應該是滴酒未沾，往後也沒見她喝過什麼酒，這一瓶能喝完嗎？我在心裡想道。

昏暗的包間不出所料，很簡陋，同樣也很空曠，音響的品質很差，能點的歌不多，沙發看著有些陳舊。我環顧這包間的擺設，又看看安家寧和董小滿，總有種不協調的感覺。

她們坐到沙發的右邊，我坐在稍左一邊的位置，替她們開酒。

　　剛開完酒，董小滿就搶過酒瓶倒酒，跟安家寧說：「今天你想喝多少我都陪你。」

　　安家寧終於露出了一個笑容，接過酒杯，只喝了一口就咳嗽起來。但她沒有停下來，而是把杯裡的酒一飲而盡。我擔憂地看著她，她似乎也察覺到了我的表情，說：「別擔心，我就是想試試這酒到底有什麼好喝的，有時候真的搞不懂你們男孩子怎麼這麼愛喝。」

　　接著就像她說的一樣，她沒再怎麼喝酒，想像中的那種買醉的場面沒有出現。安家寧一口氣點了很多歌，跟董小滿一起唱。不得不說她們唱歌都很好聽，唱歌好聽的人自有她的魅力，我的視線不由得再次集中在董小滿身上，她整個人像是在閃著光。同時我也察覺出安家寧跟董小滿的不同，僅從聲音來辨別的話，董小滿的聲音一如既往地有活力，而安家寧的聲線則稍顯低沉。她們喜歡的歌的風格也有這微妙的區別。

　　點的歌很快就唱完了一輪，我忍不住給她們鼓掌，說：「很好聽。」

　　「那就好。」安家寧含笑說道，我突然想起來她的笑容好像一直是這樣的，在僅有的幾次見面中，我從未見她咧嘴大笑

過。

「怎麼著，還繼續唱嗎？」說話的是董小滿，她的語氣此時此刻也平靜了下來，但我從她的眼神裡還是能看到擔憂。

在安家寧點頭後，董小滿看向我問道：「陳奕洋，你呢？」

「我唱歌不好聽。」我擺擺手，「而且我常聽的歌也不好唱。」

「試一試嘛。」董小滿說。

「就是。」安家寧也這麼說。

我沒有辦法拒絕，只好硬著頭皮點了一首〈突然的自我〉，這是我經常聽的歌，我自以為可以唱得比別的歌好一些，但遺憾的是依然唱得五音不全，到最後只能用哼的來結尾。唱完歌我滿臉通紅，很不好意思地說：「抱歉，我唱歌就是這樣。」

看到了我的樣子，董小滿和安家寧同時笑出聲來，我也跟她們一起笑了起來。可安家寧不知為何，一直笑個不停，笑到滿眼是眼淚，我知道這笑容與我無關，也與開心的情緒無關，終於她停了下來，董小滿說：「能笑就好。」

「不好意思，我失態了。」安家寧說。

「沒有的事。」我說。

「說真的，接著你準備怎麼辦？」董小滿看著像是下定決心似的，終於問出了這句話。

安家寧微微一笑，隨即收起了笑容，她把頭低了下去，隨

後又抬起頭來。她看了看董小滿又看了看我,又看向董小滿,說:「其實以前我就有這種預感了,他有一天會離我很遠,我們會天各一方,他嚮往的是新鮮是動盪,從不害怕迎接新的生活,我卻做不到。」

董小滿好像知道安家寧會這麼說一樣,沒有任何訝異的神色。而我則想到了夏誠對我所描述的他們之間的情感狀態,不知道是幸運還是不幸,他所說的竟然一點不錯。

「所以⋯⋯」我開口道。

「所以我能做的,只是幫他而已,推他一把。然後⋯⋯」安家寧說到這裡停了下來,微張的嘴緩緩閉上,垂了一下眼瞼,低下頭去看了看自己的手,又抬起頭看向我們,「然後祝他前途無量。」

「嗯。」董小滿嗟嘆一聲,然後答道:「我就知道你會這麼說,你什麼時候能考慮自己呢?」

「相信我,我考慮過。」安家寧說。

「難道你不希望他留下來嗎?」我問。

「怎麼可能不希望。」安家寧說,「我們從小就認識了,你讓我現在回想上次生活裡沒有夏誠在身邊的情形,我都想不起來了。我習慣他在我身邊,除了夏誠以外我就沒有對別人動過心,也幾乎沒有跟別的男生相處的經歷。你讓我現在想像一下他不在我身邊的生活,我都覺得難以呼吸。真的。」

「然後你還要幫他？」

「對。」安家寧說，她的聲音依然不大，可這個字分明是她今天說出的最有力度的話。

「他那個人不會照顧自己，連飯都不會做，」安家寧接著說，「肯定也不會去瞭解在國外生活具體需要什麼，這種事只有我能夠幫他。」

「或許也不會這麼糟。」我試著打圓場，「也不是就一定會走向不好的結局，說不定他出了國你們的感情還是能很好呢。」

「你真這麼覺得嗎？」

我啞口無言，一來沒想到她會這麼問，二來對自己所說的話也沒有底氣。安家寧接著說道：「夏誠連讓我等他的話都不會說，因為在他的價值觀念裡，沒有誰真的可以等誰，而且在他看來，等待只是浪費時間，不是這樣嗎？我們在一起什麼都好，可踏踏實實地過小日子不是他能夠接受的生活。相信我，沒人比我更清楚這一點。」

我只能承認安家寧說的是對的，夏誠的確是這樣的人。我想起那天夏誠說他已經做好了迎接新生活的準備，那模樣分明是早已準備好迎接沒有安家寧的生活了。我還想再說什麼，但瞥見了她身旁的董小滿，她示意我不要再說什麼了。我也只好在內心裡暗嘆一聲，心想連董小滿都這麼說，我說什麼恐怕也

都改變不了安家寧的想法,也無法真的安慰到安家寧。

「沒事的。」安家寧說,「真的沒事的,不用擔心我。」

她說完這句話,那堅不可摧的沉默再次來臨。包間裡放著她們所點的那些歌的伴奏,卻沒有誰再有心思唱歌。我找不到任何一句可以訴諸為語言的話,覺得悶得慌,整個包間看起來是如此地狹窄,空氣宛若凝塊般讓我難以呼吸。我藉口說要出去抽菸,走出包間,走到唱歌房的門外,走了一段路後才找到了一家便利店,回到練歌房門前,蹲在台階上點了根菸。我之前在喝酒的時候抽過幾次菸,所以還算得上能抽上幾根菸。我看著香菸被點燃,看著嘴裡吐出的煙圈,心裡五味雜陳。我不由得想,如果是我,又會做出什麼樣的選擇呢?遺憾的是,我所能想到的,竟然是跟安家寧同樣的選擇。我打開手機,想給夏誠發個短信,但同樣找不到合適的話語,我合上手機,又想到了吳夢真,思緒就這麼一直旋轉不停。

此時天已經矇矇亮了,夏天總是天亮得很早,天空是異樣的紅色,頭頂有好幾片類似烏雲的存在,不時傳來鳥叫聲,明明是悅耳的聲音,聽起來卻是如此的落寞。

我抽完了一根菸又點了另外一根,抽完後又在原地蹲了很久,直到腿開始麻木起來。我調整好情緒,想再回到包間去,轉頭看到了董小滿和安家寧走了出來。

她的眼睛像是蒙著一層薄薄的水氣，不知道是不是在我看不到的時候偷偷濕了眼眶。她看到門外的風景，閉上眼做了個深呼吸，眼神重新有了一絲堅定的感覺。

　　我們把她送回家，她坐在計程車的前頭，眼神一直看著窗外，我不知道她在想什麼。我扭頭看董小滿，她的睫毛上也有一層濕氣，或許她也在我不知道的時候偷偷哭過。我不知道她們兩個女生後來又說了什麼，有些話恐怕只能女孩之間才能說。接著我們一路上什麼都沒有再說，沉默地送完安家寧回家，又沉默地送董小滿回家，我猜想她心裡的滋味一定也不好受。

　　回到家中的時候，已經是早晨五點半，天已經徹底亮了。我把窗簾拉得嚴嚴實實，假裝還是天黑，我試著把所有的情緒都拋出腦海裡，可毫無作用。我想到了夏誠，想到了安家寧，想到了董小滿，最終又想起了吳夢真。

　　不管我把窗簾拉得多嚴實，依然擋不住窗外的光，我看著日曆上的日期，心情怎麼也無法平復。

　　開學之後的第三天，我在課堂裡遇到了夏誠。他看起來沒有任何變化，依然跟班裡的同學打完招呼，說著話，也跟我打招呼。下課後他坐到我身邊，看著像是有話想對我說。

　　「聽安家寧說那天晚上你和董小滿陪她陪了很久。」夏誠說。

「嗯。」我不想多說話,但用餘光觀察著他的臉龐,看他說這句話時的表情,想試著去探究夏誠的內心世界,看看那裡是否有一絲愧疚和痛苦,但遺憾的是,我沒有找到任何類似的情緒。他的表情依然平靜而冷漠,說話的時候,就像那是發生在一個跟他完全無關的人身上的事。

「怎麼說呢,我想應該要謝謝你。」

「沒什麼好謝的,」我說,「而且重點根本不是我,也不是董小滿,是你。」

「我知道。」他說。

「你未來一定會後悔的。」我篤定地說。

「後悔什麼?」他問。

「後悔沒有對這麼好的一個人好一點。」我說,儘量讓自己的語氣平靜。

「或許你說的是對的,」他說,「但我能做什麼呢?難道告訴她我會留下嗎?告訴她我永遠不會變心?」

「這樣才對。」我說。

「這是不可能的,這兩件事都是不可能發生的,所以我給她自由。如果她喜歡上別人,不用有任何心理負擔,反過來也一樣。」

這番話讓我突然覺得內心被人用力拉扯了一下,這感覺糟透了,一股無名火讓我的呼吸急促起來,我當時恨不得甩開夏

誠就走,但還是忍住了,我只是沉默地看著他,眼神裡藏的東西或許他也知道,所以他說了句抱歉,就跟我告別了。

事後我回想起來這段對話,才明白過來他這句抱歉是因為知道從此以後我們的距離就會因此而疏遠,證據是自那以後,我們只是在學校裡見了幾面。平日裡的聚會他再也沒有叫過我,我自然也沒有再主動聯繫他。

這個夏天給我帶來糟糕印象的不僅僅是這一件事。

就在開學的前幾天,姜睿終於出現了,但他顯得沒有什麼精神,整個人竟然消瘦了一些,鬍子像是好幾天沒有剃過,頭髮也長了許多,走路一副無精打采的樣子。他雖然不像夏誠那般在意自己的形象,但這麼邋遢也絕非他的性格,而且在我心目中他一直是精力充沛的模樣。

我想起曾經有一次我跟他說起沒有辦法堅持健身的事。

「你去過長城嗎?」他突然這麼問我。

「啊?」

「你會發現每個人去之前都一副興高采烈的樣子,但是真的到長城之後就呈現出了兩種狀態。有的人依然狀態很好,有的人走幾步路就怨天尤人。這都是因為身體不夠好,因為身體不好,所以爬到一半就累得不行,於是心情也會不好,會不耐煩,所表現的就不是自己最好的樣子。恐怕他腦海中所想的只

有長城怎麼這麼長,而不是身邊的美景了。本來挺好的一件事,就變成了不好的一件事。」

看著我愣在原地的樣子,他繼續說道:「所以要注意身體,有了好身體才能把自己想做的事做好。」

他一直是一個非常注意休息的人,但現在眼前的他病懨懨的,像是好幾個夜晚沒有睡覺一樣,臉上沒有一絲血色,見到我時跟我打招呼,但一句話都沒多說。

這讓我很擔心,我試著跟他說話:「發生了什麼嗎?」

「沒什麼。」他說話時顯得心不在焉,露出了跟安家寧那天夜晚一模一樣的笑容,那種只是為了寬慰別人的笑容。「我想回房間先休息了。」

整整一天,他都把自己悶在了房間裡。

他的反常讓我覺得奇怪,但第二天,一切的謎題就被解開了,這天姜睿依然把自己關在房間裡。

大概是下午三點鐘,我聽到有人敲門,打開門一看,是一張陌生的臉孔。來的人是一個中年女子,大概五十歲,她直盯盯地看著我,那眼神讓我覺得很不舒服。她什麼話都沒說就想要直接進來,我警惕地把住門,問道:「你是哪位?」

「姜睿呢?」她直接忽略了我的問題。

「您稍等,我幫你叫他。」我衝著屋內喊了一聲姜睿。

姜睿走了出來，看到門口來的人之後愣在原地，面露驚訝地說：「媽，你怎麼來了？」

CHAPTER ———————— 09

孤 海 航 行

「我不來能行嗎？」她說。
　　我趕忙把阿姨迎到家裡，去客廳給她倒了一杯水。姜睿的母親什麼話也沒有跟我說，坐下後也不跟姜睿說話，只是環顧著四周，面露厭惡的神色。她看向姜睿時，深陷的眼窩中是一雙充滿鄙夷的眼睛，那眼神裡有類似焦慮的東西，只一眼，就足以讓人心神不寧，讓人只得迴避她的眼神。
　　姜睿坐在她身旁，幾乎不看自己的母親，只是一個勁兒地低著頭。這使我瞥見他把雙手手指交叉握得很緊，因為太過用力，微微有些顫抖。
　　「出息了啊，都自己出來住了。」阿姨開口說道，語氣裡充滿了不屑。
　　姜睿沒有任何回應，我察覺到氣氛不對，便找了個藉口回

到房間裡去了。我戴上耳機,隨便找了一部電影看,但沒過多久我就聽到了門外的爭吵聲。饒是我儘量不去聽那些,但還是沒有辦法不聽他們說話的內容,那聲音實在是太過大聲,蓋過了我耳機裡的聲音。

他們所爭吵的內容是關於姜睿未來的事,與其說是爭吵,不如說是單方面的批判。他母親一直在說話,語氣十分生氣,姜睿幾乎沒有做任何回應,只是說「媽,別說了」這樣的話。姜睿的母親並不理會他的反應,只是一個勁兒地說著。

「你明白嗎?我們辛辛苦苦把你養大,就是指望著你將來可以養活我們。好好的專業不好好念,反倒有一些不切實際的想法。我原本以為你只是年輕氣盛,一時的想法,這是什麼?」我聽到了書被打落在地上的聲音,一本接著一本,我能想到這是姜睿平日裡看的有關於電影拍攝的書。姜睿此時一言不發,聽起來像是站在原地。

「翅膀硬了啊,都不聽我和你爸的了。之前我們怎麼說的,你好好畢業,好好找工作,踏踏實實地賺錢。別以為我和你爸老了就管不了你了,你這攝影機花了多少錢?你這些書花了多少錢?你去拍電影又能賺多少錢?你是以為我們家裡的條件是有多好,由得你這麼折騰?你腦門被門擠了?不聽話,你不要想別的,你已經大四了,好好畢業,好好賺錢,你懂不懂?我活著也只是想要看到你找個正經工作,我真是白生你這個兒子。」

最後的這句話讓我皺起了眉頭，我把耳機的音量開到了最大，那聲音使耳朵都刺痛起來，但這也好過聽到門外的爭吵聲。

　　終於我聽到了一聲甩門聲，門外安靜了下來。我摘掉耳機，躊躇著是不是應該出門看看情況。我再三確認姜睿的母親已經走了之後才推開門，只看到姜睿蹲在地上撿著自己的書。他的動作極為緩慢，臉上是我看不懂的複雜神情。

　　我也蹲了下來幫他把書撿起來，他用很小的聲音對我說：「謝謝。」

　　他略顯淒涼地打量了一番書架，那裡原本整整齊齊放著的書已經被弄得十分凌亂。在書架下的桌子上還放著一本被撕壞的筆記本，我知道那是他平時做電影筆記的本子。姜睿一聲不吭地把書抱回書架前，他走路的樣子像是被設定好的機器人一般，絲毫沒有任何的情感，動作也欠缺連續性。他就像是義務式地收拾好那些書，把它們放回書架重新擺放整齊，又把自己的筆記本被撕掉的那幾頁紙撿起來，放回本子裡。

　　隨後他坐在椅子上，兩隻手有氣無力地交叉著，把嘴埋在手腕的位置，雙目無神地看著那被撕壞的幾張紙，像是一時間沒有回過神來。我坐到離他不遠的沙發上，茫然地看著手機裡的新聞。

　　「對不起。」他終於開口說道，聲音毫無力度。接著他強

顏歡笑地說：「這事肯定鬧得你不舒服了。」

「沒有。」我其實也不知道應該說什麼，看著他的模樣不由得嘆出聲來。

過了一會兒，他站起身來，走到了廚房開始做飯。我想幫忙，但他身上圍繞的氣場讓我覺得不該去打擾他。在他做飯的時候，我回到房間，戴著耳機看起一本書，儘量讓自己沉浸在書裡的世界。等到他做完飯，已經是一個半小時之後的事了，我看到餐桌上的飯菜跟以往並沒有什麼不同，猜測他這次做飯特地做得很慢。

我們隔著餐桌而坐，我試著挑起話題，便說自己最近新發現的一個作者，他是一個日本作家，以貓的視角寫了一個關於人類社會的故事，裡面有一些奇思妙想相當有趣。我就這些侃侃而談，儘量不讓自己停下來，也儘量就書裡的觀點向姜睿提問，想方設法地轉移他的注意力。他邊吃飯邊聽，也會時不時地作答，但我看得出來他的心思始終在之前發生的事上。我又提起了想看的幾部電影，料想他一定會對這些感興趣，這看似奏效了，他的話開始多了一些。

但我很快意識到他並不是對這些事真的感興趣，他只是為了讓我安心一些，強打精神假裝很有興致。我也不知道應該再說什麼了，這讓我切實體會到了董小滿的心情。

整個屋子再一次安靜下來，現在只剩下筷子碰到碗的聲響。

剩下的時間他就好像在思索著什麼,他那毫無焦點的眼眸和一動不動的坐姿讓我察覺到點,吃完飯我們又坐了一會兒,我受不了這該死的沉默,卻想不到任何的好辦法,只好試探性地問要不要喝一點酒。

「不了。」他說,說完便站起身來收拾碗筷,準備洗碗。

大約三十分鐘後,他從廚房走了出來,我正在用投影儀尋找電影,想著叫他一起看。

他原本想回自己的房間,但不知為何又坐到了我身邊,問我準備看哪部電影。我實話實說還沒有想好,他便從房間裡拿來一個 U 盤,播放起了一部美國電影。電影講述了一個勵志故事,一個失魂落魄同時窮困潦倒的業務員,在妻子離開之後無家可歸,只能在廁所裡度過整晚,但他沒有放棄,最終實現夢想的故事。

我沒多久就想到這部電影是他放給自己看的。

看完電影後他開口問道:「這電影怎麼樣?」

「很不錯,」我說,「很勵志,台詞也很是經典,我最喜歡那句『如果你有夢想,你就一定要捍衛它』。」

姜睿點點頭,說:「我以前覺得撐不下去的時候,就一遍遍看這部電影。」

他回到書桌前,把那本筆記本拿了過來,我瞥見那上面密

密麻麻寫滿了筆記。「有膠帶嗎？」他問我。我回到房間裡拿出放在抽屜裡的膠帶，他把膠帶接了過去，把被撕壞的紙張小心翼翼地貼了回去。隨後他把本子合上，放回書桌，又從冰箱裡拿出了一瓶啤酒和一瓶紅茶，把啤酒遞給我，自己則喝起了紅茶。

「我之前不是說過，這個暑假不回家嗎？」姜睿先是閉上眼睛沉思了一會兒，接著開口說道：「我費盡心思找了一個片場打雜的工作，主要這是一個可以真正接近電影拍攝的機會，而且老實說我也不願意回家。」

他說的我能體會，我認真點了點頭。

「但七月末的時候我接到了我媽的電話，她說讓我回家看看，我說還要上班，得跟老闆商量一下。我媽就問找了一份什麼樣的工作，她的語氣那時候聽來還很平常，我放下了警惕心就說了實話，沒想到她的語氣立刻變成了痛罵，說我又做一些無聊的事，最後她說自己生病了，如果不回來就當沒有我這個兒子。」

說到這裡他深吸了一口氣，說：「第二天我就訂票回家，結果我媽根本就沒有生病，她很好，生龍活虎的。」

回到家的當天晚上，姜睿的父母跟姜睿進行了一次嚴肅而又緊張的談話。

首先他告訴我，他父母是同一個公司的職員，跟電影完全不搭邊。那天他父親瞪大了雙眼，對姜睿大發雷霆地說：「以後不准再找類似的工作，吃力不討好，你趁早斷了這個念頭。」那語氣近乎於咆哮，在他父親眼中，這很顯然是離經叛道的行為。

　　「我會好好學習的，好好畢業，也會試著去找工作，這些我都依你們，只是別讓我放棄自己的夢想，這不會佔用我的其他時間的。」他懇求地說道。

　　（說到這裡，我腦海裡浮現起了平日姜睿認真的模樣，他的確是這麼做的。我沒有說話，只是默默地喝酒。）

　　但他的父親只是怒目圓睜，衝著他劈頭蓋臉地罵道：「你是不是要看著我們餓死才行？」

　　「我不是這個意思。」姜睿說。其實姜睿自從上了大學之後，就已經幾乎不向家裡要錢了。

　　那天他們一直談到很晚，越談姜睿越覺得煩躁，他絲毫沒有讓步，他的父母也是。聊到後來，姜睿發現他父母所談的都是物質，都是現實，雖然口口聲聲說是為了姜睿考慮，但其實想的都是他們自己。姜睿不由得想起小時候明明是跟著自己的奶奶長大的，他的父親幾乎沒怎麼來看過他，他的父母在他生命中所佔的分量並不多。

　　這一點跟我一模一樣，我很有同感地點了頭。

姜睿繼續說到對於父親的印象只有不停地打罵，那時只要他的成績稍微退步了一點，或者做了一點不讓他順心的事情，就是不由分說地責罵。父親口中永遠會提到別人家的孩子，說別人成績又好又孝順，把姜睿說得一無是處。

他一直以為是自己做得不好，所以拚命學習，不讓父母傷心。可即便是他取得了很好的成績，父親也從來不會給他笑臉，後來姜睿漸漸長大，才明白過來，他們打他罵他，只是單純因為心情不好拿他出氣而已。

說到這裡姜睿止住話頭，看了看我，說：「我這麼說自己父母你肯定會覺得很過分吧，但很可惜這就是我的成長經歷，還有很多細節我依舊能回想得起，只是沒什麼好說的了。」他的語氣裡充滿著無奈。

「你說的這些我都能明白，我也是在類似的環境裡長大的。」我說。

姜睿笑了笑，說：「我爸總是拿別人家的兒女給我舉例子，每次他這麼說的時候我都很生氣。我有時候會想，他總是在說別人家的兒女怎麼怎麼樣，有沒有想過別人家的父母是怎麼做的呢？說實話，我不羨慕別人成績多好，家境多優越，有多了不起，有多厲害，我羨慕的只是他們的家庭氛圍。我的所有努力在我父母看來都是白費力氣，這才是最讓我難過的事：他們

不由分說地把我的人生定了性，武斷又獨裁地告訴我我的夢想是不可能實現的。老實說我不知道為什麼他們可以這麼判定，他們說我任性得很過分。」

我無言地喝完了酒，卻依然覺得喉嚨乾澀。

「可我真的任性嗎？」他看向我，問了我這個問題。

「當然沒有。」這句話我是發自內心的，並不是安慰他，「你是我見過的人中最努力的，真的。而且我能體會到你是真的發自內心地熱愛著電影，能夠如此地熱愛一樣東西，並且願意付出行動，在我看來是非常了不起的事情。」

「謝謝你。」他說，「這是我最近聽到的最好的一段話。」

「而且你也沒有把學業落下，爭取不辜負任何人。」我接著說。

如果這樣的人都沒有辦法去追尋自己的夢想，才是真正的沒有天理。我在心裡想道。又想到了夏誠，如果姜睿也擁有夏誠那樣的條件就好了，毋寧說，或許姜睿這樣的人才更應該擁有那樣的條件。這麼想或許對不起夏誠，但這實實在在是我內心的想法。可惜這些都不是我們能夠左右的事，我突然想起夏誠說過，這個世界就是不公平的。因為想起了這句話，我的心裡像是有根刺扎著一樣。

「可他們是看不到這一點的。」姜睿繼續說道，語氣裡是藏不住的無可奈何，「無論怎麼掙扎也好，怎麼努力也好，我

們都不可能佔據上風,永遠不可能佔理。因為在他們眼裡,我們壓根就沒有道理可言。對於站在制高點的人來說,我們越是誠懇地說出自己的想法,就越是讓他們憤怒而已。你知道我為什麼喜歡做飯嗎?」

我不知道他為什麼突然問這個問題,搖了搖頭。

「因為做飯是可控的一件事情,多加了一勺鹽或者少加了一勺鹽,你可以立刻從味道中得到判斷,可以反覆地修正,總有一天可以做出自己喜歡的口味。」

「嗯。」

「所以我儘量把所有的事情都把握在可控的範圍內,這也是我一直以來做的事,可怎麼也沒有辦法控制自己的出生環境。要捍衛夢想,比想像的更難。對了,之前說到哪兒了?」

「說到任性。」

「啊對,」姜睿說,「我知道我們誰也說服不了對方,就想著趕緊回來,可他們不放我走。這往後也沒有什麼好說的了,只要一說話就是爭吵。就這麼過了快兩個星期吧,八月中旬我藉口說學校有事,大四會很忙,並且保證說回來就好好學習,再也不想電影的事,才終於回來了。」

「那你這幾天都在哪兒?」我問道,「短信也不回,像是消失了一樣。」

「在片場。」姜睿掂量著接下來要說的話,說:「我花了

很多心思才重新找回了這份工作,還好工作人員也很好說話,加上我也不要錢。在片場待了好幾天,也算是跟幾個人混熟了,他們對我產生了強烈的衝擊。衝擊我的是那種熱情:他們寧可犧牲掉所有時間也要努力把東西做好,這讓我覺得自己的選擇是沒有錯的。」

「這不是很好嗎?」我說,原本以為他之前的失魂落魄是因為家人的打擊,但現在聽起來好像不完全是這樣,於是我又開口問道:「後來又發生了什麼嗎?」

他舔了舔嘴唇,說:「也沒什麼,我前幾天找了個機會把自己試拍的錄影帶給一個攝影師看了,那是我反覆琢磨過的。」

「那他怎麼說?」

「還不錯,他是這麼說的。」姜睿說,說到這裡他的眼神黯淡了下來,「接著我問他未來我是不是可以拍一部電影,他沉吟了一下,說我拍的東西以業餘水準來說還不錯,但我覺得他的話還沒有說完,就讓他說下去,我沒關係的⋯⋯」

我想接下來姜睿大概聽到了不好的話,但還是問道:「說了什麼?」

「說看不到任何的特色,能拍出這樣東西的人多的是,他是這麼說的。」

「這句話也太過分了!」我情緒激動地說。

姜睿笑了笑說:「是我逼他說的。其實我內心也早有這樣

的想法。我欠缺那種決定性的才能，這註定我會陷入瓶頸。但願我是天才就好了。」

我一口氣聽他說了這麼久，心裡有些難受。我想起剛跟他住在一起時，他跟我第一次說起自己的夢想，那時他眼裡的光芒讓我無比羨慕，跟現在的姜睿好似判若兩人。

這就是所謂的現實嗎？

像是看穿了我在想什麼似的，姜睿問我：「還記得我第一次跟你提起電影這話題的時候嗎？」

「記得。」我說。

「我那時說看著自己一步步地向夢想靠近是一件讓人開心的事，這句話記得嗎？」

「嗯。」

他再次深吸了一口氣，苦笑了一下說：「但從另外一個角度來說，努力了卻發現自己還在原地踏步這感覺也同樣讓人覺得痛苦啊。有時候就是這樣，越是努力爬到山頂，就越是能發現自己離山頂的距離有多遠。」

我忘了那天晚上剩下的時間我們還聊了些什麼，我大概說了很多安慰他的話，我想到了剛才看的電影，想到了讀過的書裡的所有句子，盡我所能地讓他再鼓起勇氣。說這些時我產生了一種微妙的錯位感，在過去的半年裡，都是姜睿和董小滿在鼓勵我，我從未想過有天會換成我來鼓勵他們。我也從未想過

會看到姜睿失魂落魄的樣子，我以為他會按照自己的步調一直努力下去，什麼也打不垮他，他在我心目中就是這樣的一個人。

我原本以為他是永遠不會崩潰的那個，可他此刻的話語中已經沒有了以往的自信。

指標指向十一點的時候，他拿起了自己的本子，對我說：「睏了，還得早起，早點休息吧。」

我躺在床上，又回憶起跟姜睿之前的一段對話。

那天，我們同樣看完了一部高分經典電影（跟他做室友的日子裡我們看了許多電影），看完他激動地跟我說：「這就是我想拍的電影。所有的鏡頭都有意義，所有的台詞都不累贅的電影，從最開始的第一幕，就可以讓觀眾沉浸在電影世界裡的電影。對了，你知道契訶夫嗎？」

「嗯，以前讀過他的書。」

「嗯，他不僅僅是位小說家，還是一位戲劇家。他以前提過一個理念：如果在第一幕裡邊出現一把槍的話，那麼在第三幕，槍一定要響。你看最近的很多院線電影，我總覺得很多鏡頭沒有表達出應有的語言，邏輯上也說不通，台詞有的時候前言不搭後語，就好像是為了那個台詞的出現才設置了一個場景，所以觀眾總會覺得出戲。」

我認真地點頭。

「所有人物的情感應該都基於邏輯，而能體現邏輯的就是一部電影前一半所呈現的細節。如果沒有這些細節，就構不成這個人物。如果細節多餘，就會讓整部電影支離破碎。」

說著他看了我一眼，我感受到他眼裡的熱情。「所以我要拍的就是從頭到尾沒有一句廢話的電影。」

「聽起來是一個很高的標準。」

「所以不光要學習拍攝手法，還要學習寫劇本，黑澤明說過，只有通過寫劇本，你才能知悉電影結構上的細節和電影的本質。」他說，「好電影的每一分鐘都能學到東西，不知道我什麼時候能拍出這樣的電影呢。」他眼神裡閃爍著某種純粹到讓人感動的熱情。

我心裡悶得慌，怎麼也沒能睡著。手機顯示十二點半的時候，我覺得口渴，走到廚房給自己倒水，看到姜睿房間裡的燈還亮著。

我希望老天不要這麼對待一個努力的人，不要讓一個人接觸到夢想，卻不讓他擁有相匹配的才能。如果可以，請保佑我這個好朋友闖過難關。

那天之後，姜睿在家的時間就更少了些，我們雖然還會有簡短的談話，但他總是在想著一些別的事情。他徹底抹去了自己的休息時間，不是在認真地記筆記，就是在認真地寫劇本。

我在學校裡也沒有再遇到他，倒是還能在書店見到他，但他變得更嚴肅了，除了跟我還會打招呼說上幾句話以外，幾乎不與任何人交流。

　　他睡覺的時間越來越晚，我常常在深夜裡都能聽到他在鍵盤上飛快的打字聲。有幾次我看到他抓著自己的頭髮、皺著眉頭，一臉痛苦地看著電腦，又氣惱地把電腦裡寫好的劇本刪除。伴隨著他自己的嘆息聲，他敲擊鍵盤的聲音讓我覺得很心疼。

　　他整個人看起來有種焦躁的氣息，往日裡沉穩的感覺徹底消失不見，唯一讓我覺得他還像原來的姜睿的時候，只有他做飯的時候。

　　與此同時，時間也好似喪失了真實感。

　　時間成了一種斷斷續續的玩意兒，有時候一天是四十八個小時，有時候一天是八個小時，這給我帶來了一種緊迫感，尤其是在學校裡看到新生的時候。他們的出現讓我意識到，時間過得遠比我想像的快。我一直以為自己還是年輕的那個，可更年輕的已經出現在我們的生活裡了。我不知道這是不是讓姜睿焦躁不安的原因之一。

　　就在九月即將結束的時候，我去書店打工，卻沒有像往常一樣看到姜睿。過了半個小時，姜睿依然沒有出現，也沒有他請假的消息，當然沒有太多人在意這件事，可在我看來這太過於反常。我擔憂地給他打了電話，他說自己在家，沒什麼事，

可他的嗓音分明沙啞得厲害，不時傳來一陣咳嗽聲，我沒有心思再待在書店，跟老闆請了假，也沒顧上他的臉色，匆匆地回到家中。

回到家後，我敲響了他的房門，但沒有任何回應。

「姜睿，你沒事吧？」我叫道。

房間裡終於傳出了一絲聲響，我打開了房門，他正躺在床上，蓋了兩層被子，臉色慘白到讓我一眼就看出來他發燒了。

「我沒事。」他的聲音聽著比電話裡更加沙啞。

「吃藥了嗎？要不然我們去醫院。」我摸了摸他的額頭，燙得厲害，趕緊跑回房間從小藥箱裡找出溫度計。38.5度。可姜睿怎麼也不肯去醫院，說是去醫院浪費錢又浪費時間。他掙扎著想坐起來，告訴我他還有很多事情沒做完，我好不容易把他勸下。給他燒了壺熱水，找到感冒藥讓他吃了下去，叮囑他睡一覺，如果有什麼事就找我，我就在客廳裡。

第二天他稍微好轉了一些，就立刻坐在書桌前開始做筆記了。我不知道該怎麼勸他好好休息，他看著還是很虛弱，可那認真的樣子讓我動容。我猶豫再三，還是開口勸道：「你這樣會好得很慢的。」

「可是我現在沒時間生病了。」他答道。

「為什麼要這麼拚命呢？」我意識到自己的語氣裡也是無

奈。

「沒有辦法啊，陳奕洋，沒有辦法。」他只是這麼回答。

前前後後將近一個禮拜，他才算徹底好了起來。

可是他整個人就像變了一個模樣一般，睡得越來越晚，睡眠時間越來越少。我們兩個人的生活習慣好像整體顛倒了，明明他是那個讓我找回正常生活節奏的人，可眼下卻是他越來越消瘦，雙眼裡再也沒有之前的光芒，只剩下紅血絲。我知道他為什麼這麼拚命，卻什麼也幫不到他，他生命中的大雨正傾盆而下，我連傘都沒有辦法給他撐。在我最糟糕的時候，他幫助了我，可我又能為這位朋友做什麼呢？這種無力感深深地包裹了我。

我想給董小滿發訊息，又想到她現在跟我是同樣的境地，總覺得不該去打擾她。

十月的一天夜晚，姜睿告訴我他準備辭去書店的工作。

「我已經沒有辦法兼顧書店的工作了。」他說，「時間不站在我這裡，我已經大四了。」

「可——」我斟酌著想要說的話。

他抬起一隻手，讓我不用說什麼。接著他告訴我他正在寫一個劇本，也想方設法地找到了一個電影工作室。「我沒有退路，只好放手一搏。」他說。

這句話讓我心裡五味雜陳，在我想著應該說些什麼的時候，他已經回到書桌前苦思冥想了。這情形讓我決定出門走走，一路走過好幾個社區，又走到一座天橋邊，在便利店門口遇到了一個拖著箱子的女孩。十月的北京晝夜溫差很大，我穿著一件T恤加外套都覺得有些冷，可女孩連外套都沒有穿。她正打著電話，應該是打給自己的父親的，她說：「您說的我都理解，我也贊同，可我不想回家，我想再努力看看。我知道我現在賺不了什麼錢，但我可以打工，一邊打工一邊唱歌。您別再罵了，能不能好好聽我說……」她說最後一句話的時候聲音裡帶著哭腔。

　　你說的我都理解，可我想再努力看看，背水一戰。這大概也是姜睿的心情寫照。

　　我給自己買了瓶水，又買了一包紙巾，想著一會兒遞給女孩這包紙巾。但只是轉眼的工夫，那女孩已經拖著箱子走到了路口，我看著她停了下來抬頭看了一眼天空，又把頭低了下來，接著便拖著行李向路的另一頭走去了。我在便利店門口抽了根菸，看了一會兒她的背影，在她消失在我的視線之後，便轉身向另外一個方向走去。

　　我突然想到在學校門口看到的那群鴨子，那時我覺得這世上人人都有地方可去，他們的目的地是如此地明確，他們的腳步是那麼輕快，現在我覺得自己或許想錯了。我想到了姜睿，想到了安家寧，腦海裡產生了一個念頭：即使有想去的地方，

也不一定就能夠順利地到達那裡。這世上的很多人,或許都有著自己的煩惱,只不過不為人知而已。

可這麼想並沒有讓我覺得輕鬆,也沒有一絲安慰感,我茫然地沿著路一直往前走,內心只覺得荒涼。我走到一個路口,也抬起頭向天空看去,以為能看到一顆星星,但遺憾的是今天的空氣不好,或許星星都迷路了,我什麼都看不到。

兩三個星期過去,姜睿的狀態沒有任何起色。我能明顯地感受到他的痛苦和無奈,他那敲擊鍵盤的聲音越來越大聲,臉上苦惱的神情出現得也越來越頻繁。作為他的朋友,我卻依然不知道應該做些什麼,這是最近一直縈繞在我心頭的問題:我到底可以為這個朋友做什麼呢?他教會了我很多關於生活的道理,為什麼他遭遇困境的時候,我卻什麼都做不到呢?

我不得不想到或許我就是這麼一個人,承蒙了別人的照顧,卻什麼也給不了別人。夢真或許也是這樣吧,我真的帶給夢真什麼了嗎?或許什麼都沒有。我口口聲聲地說著我們的未來,可歸根到底那只是我想要的生活而已。

僅此而已,或許她比我更敏銳地意識到了這點,才悄無聲息地離開了我的生活。

就在這天晚上,姜睿突然告訴我他決定要搬走了。

我愣在原地。搬走？

他也很愧疚的樣子，說：「真的對不起，當初讓你搬過來的也是我，現在我卻要搬走。」

我只是沉默地看著他，其實是壓根不知道該怎麼表達自己的心情，但我的沉默在姜睿眼裡變成了另外的意思，讓他陷入了兩難。他一副欲言又止的模樣，臉上愧疚的神情更深了。

「因為我現在沒有收入來源，實在是沒有辦法再住下去了。你也知道我辭了書店的工作，家教也沒時間做了，我也不可能問家人要錢⋯⋯」他說到這裡說不下去了，我看得出來他說這些話的時候自己也很為難。

接著他再三向我道歉，又說：「我還有一點積蓄，應該還能繼續付一兩個月的房租，這期間我也會想辦法幫你找室友的，等你找到室友了我再走。」

「不用道歉，這也是沒辦法的事。」我說，「站在你的立場，你沒做錯什麼。」

他詫異地看著我，我笑著說：「這是你之前對我說的話，所以你也別太愧疚了，真的。」

但即便如此，他還是一個勁兒地跟我道歉，彷彿怎麼道歉都不足夠表達他的歉意，我只好岔開話題說：「真的沒事的，你準備搬去哪兒？」

「我找了一個單居室，很便宜。」他說，「離這兒不遠，

以後我們還是可以經常聚的。」

我腦海裡回想起當時找房子看到的幾個單居室，我之所以沒有選擇住在大學城附近的單居室裡，是當時看的幾個單居室實在太狹小，生活極其不方便。

「那個地方還不錯，放心。」他看到我皺起眉頭的模樣，猜到了我在想什麼。

「有廚房嗎？」我問道。

「有的。」他比了個 OK 的手勢。

「對了，房租的事你不用擔心。」我說。

「可是……」他還想再說些什麼。

「放心，我平時攢下的錢夠用了。」我撒了一個謊，用不容辯駁的語氣和表情說，「而且你應該也挺著急的吧？不用等我找到室友。你也別再說了。」

他這才把要說的話吞了回去。

一個星期後他搬走，那天是週日，他收拾出了兩個大箱子，其中的一個箱子裡裝滿了書。

「廚具確定不帶走嗎？」我問道。

「沒事，那裡放不下這麼多的廚具，而且搬起來磕磕碰碰的也很麻煩，留給你好了，你不是也學了幾個菜嗎？」

「那好吧。」我說，「你等我一會兒，我打電話給書店請

個假。」

「不用，」他笑著說，「我叫了輛車，到時候把箱子搬到車上就行了，你就安心好好工作。」

「我幫你搬到家裡再去上班好了，也不費什麼時間。」我說。

「真不用，」他說，「你也知道我這個人不想麻煩別人，別讓我心裡更過意不去了。」

我只好幫他把行李拎下樓，我們住在六樓，兩個人搬完箱子竟然氣喘吁吁。我想起了夏誠家，想到如果有個該死的電梯就好了。

到了樓下他說：「車一會兒才到，你先去書店吧。」

我從包裡掏出一本書，是那本我在書店隨手翻的橙色封面的書，書裡有一張明信片，明信片上是這麼寫的：「如果可以，我願意把我的好運氣都給你。」這句話代表了我的心聲，如果我身上還有一絲好運氣，我願意把所有運氣給這個很重要的朋友。

「你一定可以實現自己的夢想，我想不到除此以外的第二種可能性。」走之前我跟他這麼說道，「回見。」

「回見。」他會心一笑。

晚上回到家中，我發覺原來擁擠的屋子此刻顯得空闊了許多，這讓我真切地感受到姜睿對我的意義。他是真正意義上能

夠與我經常說話的人,和他聊的許多話題都讓我受益匪淺,他的生活方式讓我敬佩,他的認真也感染了我。假如沒有姜睿的出現,毫無疑問我會繼續沉淪下去,那麼我就不可能如此安穩地度過我的十九歲。我現在能夠明確地感受到之前度過的那些日夜喝酒正事不做連課都不去上的日子,這毫無疑問只是在迷路的森林裡原地打轉。當然這些還有一部分功勞要留給董小滿。

　　想到這裡,我不由想起已經許久沒有和董小滿見面了。

　　不知道現在的她在做什麼。

　　我翻了翻手機,上次聊天的訊息還是兩個星期前。她給我發了一張照片,照片裡是一隻可愛的小貓和她的合照,我說起自己前陣子也在社區看到了一隻流浪貓,接著我們又說了幾句話。在這之後我們就再也沒有說過話。這是為什麼呢?我百思不得其解,我把我們發過的訊息仔仔細細地看了一遍,還是沒有找到原因。

　　或許我又在不自覺的情況下把一切都搞砸了吧,這簡直是我的專屬「才能」。當然這缺乏任何的根據,可這種想法在腦海裡揮之不去,我拿著手機想要給她發訊息,打了一行字,想了很久還是刪除了。或許孤身一人就是刻在我腦門上的詞彙,這也是我的專屬「才能」。

　　放下手機後,我走到廚房,準備給自己做一點東西吃。打開冰箱才發現,裡面放滿了食材,我之前問姜睿討要過一份菜

譜，他也很認真地教我，那天是我第一次做飯，不出意外地炒焦了所有的菜，就連番茄炒蛋都難以下嚥。想到這裡我笑了起來，打開冰箱旁的櫃子，把炒鍋從櫃子裡拿出來，拿起鍋的時候發現了一個小本子，本子裡是他用手寫的菜譜，步驟寫得十分清楚。

我按照菜譜給自己做了兩個菜，雖說算不上色香味俱全，但竟然可以吃了。我給姜睿發去短信，他回覆道：「可以啊兄弟。」

「哈哈哈哈。」我這麼回復道，一種自豪感油然而生。又發了一句：「新家怎麼樣？」

「放心，很好。」他答道。

這一瞬間我感覺他一定可以度過難關的，沒有理由不如此。我相信他現在所忍受的煎熬和痛苦隨著時間流逝而遠去，他的夢想就在前方向他招手，眼下的挫折只是生活的一道坎而已，他能夠跨越過去。他能夠做出很棒的電影，讓他的父母也不得不認同他。總有一天他會過上自己想過的生活，這一切都會發生在不遠的未來，他值得如此。

這天的我還沒有預料到，命運有的時候可以對一個人極其殘忍，我們最初所希望的和我們最終所得到的，通常都不是一個東西。

CHAPTER 10

墜入泥沼

2009 年的 11 月，於我而言實在算不上美好。

　　這期間姜睿不知為何，跟我徹底失去了聯繫。雖說之前他也有消失過一段時間，但這次我卻有一種強烈的糟糕預感。我只能告訴自己或許他正在忙自己的事，但一連幾個禮拜沒有收到他的訊息，讓我的這種預感更加強烈。他一次也沒有再出現在書店中，在學校裡自然也沒有看到他。我想起來我們這個專業，到了大四都會去公司裡實習。與此同時董小滿依然沒有給我發來訊息，手機裡唯一的訊息是奶奶每個月例行的「好好照顧身體」，我回覆道「好」。

　　我很快就回到了之前的生活，一個人默默地上課，一個人默默地吃飯，一個人默默地回家。時間的斷續感越發嚴重，我

常常發呆,一發呆就是幾個小時,睡眠又變得毫無規律,有時累得剛過九點就能睡著,有時又能睜眼看到天亮。

　　這是真真正正的獨居生活,以前我想逃離家,後來我想逃離宿舍,獨居應該是我夢寐以求的事,我原本就想過自由自在的人生。可在姜睿離開之後,我猛然發覺,一個人生活並不是一件很簡單的事。

　　自來水會停水,暖氣片也莫名地故障。即使我每天都會拖地,但清早醒來,家裡總有說不清是從哪裡而來的灰塵。信誓旦旦地說要每天做飯,也不過堅持了一個星期,因為洗碗這件事實在讓我頭疼。同樣讓我無法理解的,是姜睿所說的「逛菜市場的樂趣」,興許我買菜的地方並不是一個真正意義上的菜市場,而是一個大型超市。

　　我幾乎每三天時間就要整理一次家,整理的時候我總是皺著眉頭,我壓根就想像不到我是怎麼在如此短暫的時間內把家裡弄得這麼亂的。

　　這些瑣碎事填滿了我的生活,我想著什麼時候一定要去看姜睿一趟,跟他說說話。可又有些猶豫,不知道自己是不是應該去打擾他。

　　沒有想到最先出現在我面前跟我說話的,竟然是已經消失了一個多月的夏誠。

那天我一如往常走在去學校的路上，在校門口與夏誠迎面相遇。他正打著電話，墨鏡架在頭頂，我想著還是應該跟他打個招呼，便向他微笑示意。他露出了標誌性的笑容，掛了電話對我說道：「後天是我生日，來嗎？」

我含糊地點頭回應，實際上內心的想法模稜兩可。一方面我受不了他的冷漠和尖銳；另一方面我又的確太久沒有跟夏誠聯絡了，加之那又是他的生日，或許還是應該去一趟。

夏誠沒等我再說什麼，便說：「老地方，九點半，到時候見。」

「好。」我剛說完這句話，他就又拿起手機打電話了。

等他走後，我才想到他的生日上或許還能見到董小滿，說實話，我真的很想見到她。我想知道是出於什麼原因我們倆之間逐漸疏遠，我也深知如果真的見到了董小滿，也不見得會把內心的疑問說出口。無論如何，先見面再說，我這麼想道，而且我也想知道安家寧現在到底怎麼樣了。

但我沒有見到董小滿，從某種意義上來說，也沒有見到安家寧。

沒有見到一年前見過的那個安家寧。

那天晚上所在的人，幾乎沒有一張熟悉的臉孔。之前跟夏誠喝酒時認識的人，竟然一個都沒有到。或許夏誠沒有叫上他們，或許他的朋友在這一年中又換了一批，其中的原因我不得

而知，也不感興趣。我環顧一圈，看著包間裡坐著的人們，沒有從中找到董小滿的身影，這讓我感到無比失落。

安家寧的整體印象跟上次見面比起來，好像沒有什麼變化。她依然是熱情招呼著大家的那個，看到我她略有一些驚訝，但很快那驚訝就消失無蹤，她開朗地給我一個笑容，只是那眼神中有一絲陰翳一閃而過，儘管是一閃而過的陰翳，卻伴隨著深厚的悲哀。我不可能不注意到這點。她帶我坐下，跟我說了一會兒話。

「董小滿呢？」我開口問道。

她給了我一個尷尬的笑容，說：「她說自己不想看到夏誠就沒有來⋯⋯」

我不知作何反應，只好岔開話題聊了一些別的事，接著安家寧起身走到了夏誠身邊，跟著夏誠一起有說有笑地招待別人去了。我看了他們一會兒，他們站在一起的感覺還是跟去年我見到他們時一樣，至少從表面看起來依然是那麼登對而又恩愛，但他們明顯不如去年親密，兩個人更像是為了盡某種義務而站在一起，兩人之間保持著細微的安全距離。如果我不知道夏誠即將離開安家寧，或許我也不會看到這一絲藏起來的不協調。

我望向點歌螢幕的後方，還是有那麼一張照片牆，乍一看跟去年所看到的沒有什麼區別。我忽而看到了照片牆中多了幾張照片，依舊是他們的合照，還有一張是去年生日時我們所拍

的大合影，安家寧的一邊是夏誠，另一邊是董小滿，合影的角落裡是已經喝多的我。我已經忘了這張照片是什麼時候拍下的了。照片裡的每個人看起來都笑得很開心，我突然間有些恍惚：等到明年夏誠再次生日的時候，照片裡的人或許一個都不會在他身邊出現了。但我知道這對他來說實在算不上什麼問題，他這樣的人到哪兒都可以找到新朋友。只是安家寧又會是一個什麼模樣呢？她和夏誠的合照還會再次出現嗎？她會繼續等他嗎？

　　只有夏誠還一如往常，我坐了一會兒，他端著酒杯走到我身旁。

　　「生日快樂。」我說。

　　「謝謝。」他爽朗地笑著，接著喊來了安家寧，讓她在他身邊坐下。

　　「來，就當是散夥酒，我們三個一起再喝一杯。」他說，「散夥酒」這三個字格外刺耳。我敏感地覺得他這三個字不僅僅是說給我聽的。

　　該怎麼回應呢？我自然是想不到任何合適的話語，只好把酒杯裡的酒一飲而盡。喝完後我發覺安家寧也把酒杯裡的酒喝完了，接著又給自己倒了一杯酒，對我說：「我們一起祝他前途無量。」還沒等我說話，她就又把酒喝完了，我只好再次把酒喝完，對安家寧說：「少喝一點。」

　　「這有什麼關係，」安家寧衝夏誠微微一笑，又看回我，

「今天是特殊的日子嘛,得喝得開心是不是?」

「這樣才對。」說話的是夏誠,說完拍了拍我的肩膀說:「今天晚上咱們得開心起來。」

我看著他們倆的模樣,知道他們話裡有話,更加坐立不安。

就在這時包間裡的門開了,走進來一張熟面孔,我們之前見過。他拎著一個蛋糕,對夏誠說:「這是最後一次我們一起過生日,哥們給你準備了一個最大的蛋糕。」夏誠立刻站起來衝他的朋友說話,又走回來拿起了自己的酒杯,安家寧在座位上猶豫了一下,儘管不易察覺,但那表情裡寫的分明是「難過」兩個字,隨即她收起自己的情緒,含著笑容看了我一眼,便也拿起酒杯來跑到夏誠邊上去一起跟那人說起話來。

包間裡放著歌,不知道是誰(或許是夏誠自己)點了許多舞曲,照平時我會跟著一起嗨起來,可今天這聲音聽來簡直震耳欲聾。我沒有喝酒的興致,也沒有認識的人,只是默默地坐在角落的位置上。夏誠這次也沒有再叫我多喝酒,他跟安家寧坐在了中間的位置,似乎是在一起玩什麼遊戲。

奇怪的是,上次安家寧完全沒有參加我們的遊戲,看樣子是為了時刻保持著清醒,但今天偏偏數她興致最高,一會兒坐著一會兒站著,一會兒又叫起其他的人一起參與遊戲,唯獨只有我擺了擺手說今天不想玩。很快他們遊戲玩了好幾輪,也喝了好幾杯,安家寧一直在熱情地鼓掌。輪到她自己喝的時候,不

知道是誰把她的酒杯拿了下來,我還以為是勸安家寧不要再喝,哪知道是為了換一個大點的酒杯。那人不由分說地倒起了酒,只見得安家寧一直在說話,那模樣並不是想讓他們不要再倒酒了,而是相反的意思。當她舉起滿杯的酒開始喝的時候,周圍的人都一副看熱鬧的模樣拍起了手,我瞥見坐在她身旁的夏誠,他沒有任何的表情,既沒有跟著笑,也沒有勸阻。

　　我受不了此刻出現在眼前的情景,再也不想等到十二點,拿起酒杯走到他們中間,對夏誠說:「生日快樂,喝完這杯酒我就先走了。」

　　他站起來說:「這怎麼行?今天是我生日。」

　　「身體不舒服。」我找了個藉口。

　　「不行。」夏誠說,身邊的人也紛紛插嘴說「別這麼掃興嘛」之類的話。

　　我再三推託,夏誠卻不管不顧,說:「你把這瓶酒喝完再走。」

　　我看到他手裡端著的是一瓶幾乎沒怎麼動過的高級洋酒,那瞬間我愣在原地,看到夏誠的臉上露出了值得玩味的笑容。其他人自然也是一副看熱鬧的表情,這表情我見過多次,實在是很好辨認。

　　「夠了!」說話的是安家寧,她的聲音很大,把除了夏誠以外的所有人都嚇了一跳,「人家要走就讓他走,你留他幹什

麼？」安家寧怒喊道，她情緒竟是如此地激動，這讓我大感意外。

夏誠看了安家寧一眼，我不知道他內心想的是什麼，只見他站了起來給我和他自己倒了杯酒，衝著所有人說道：「那行，怎麼著也把這杯酒喝完再走吧。」

坐在一邊的人又拍手叫好，我心想，這句話有什麼好鼓掌的？是不是只要有人喝酒就要起鬨？這情形讓我更加煩悶起來。我幾乎是以最快的速度喝完了那杯酒，嗓子火辣得讓我乾咳了一聲，接著擦了擦嘴轉身就走。

安家寧站起身來送我下樓，夏誠猶豫了一下，也跟著一起下樓。

她已經喝到滿臉通紅，但還是保持著應有的儀態。夏誠想叫司機送我回去，我說：「不用，我可以打車，這點小事我自己能搞定。」

他也沒有再堅持。

送到樓下時他伸出右手，對我說：「不管怎麼說，我希望我們以後還能再見面。」

「好。」我也伸出右手跟他握手告別，安家寧的表情沒有太多異樣，只是站在我們倆邊上，一動也不動，用看著遠方似的眼神看著夏誠，什麼都沒有說。當夏誠回頭看她的時候，她

立刻擺出了一臉笑容，但那笑容也轉瞬即逝，實在缺乏力度。在我上車的時候回頭看了他們一眼，夏誠抽起了菸，不知道在說些什麼，安家寧站在他的身後，我看不清她此刻的神情。

這幾個小時，她的表現都給了我一種感覺：她是在極端難受的場合，拚命做出一臉幸福的樣子。也是因為這樣，她此時此刻的模樣有種想讓我流淚的悲哀。

這是我最後一次見到夏誠。

在回家的路上我看向車外，樹葉早已經掉落一地，只剩下乾巴巴的樹枝。街邊雖說依然人來人往，但還是給我一種蕭瑟的感覺。

再次得知他的消息，是十年後的今天，我在網上看到了有關於他的一則新聞。他毫無疑問地成為了成功人士，那條新聞是關於他的緋聞，看到新聞後我迅速地關掉了網頁。我們沒有再見面，也沒有再聯繫，僅此而已。

就在這個月底的一天夜裡，我接到了父親的電話。

我怎麼也沒有想到在電話裡聽到最糟糕的消息，就連一下強硬的父親在電話裡的聲音都聽起來很顫抖：「你奶奶走了，回來一趟吧。」

奶奶的身體不好，我是知道的，可一切發生得竟是如此突然。

至於是怎麼回到家的,怎麼見到母親和父親的,我完全沒有一絲記憶。這一路上時間靜止在原地,而我早就是一個軀殼而已。只記得父親的表情僵硬得如同雕塑,眼神裡是無窮無盡的悲傷,母親則是兩眼通紅,整個人像是突然間蒼老了一般。

　　葬禮那天陰雨連綿,霧氣瀰漫。人們嘴中所說的話,那請來的所謂的神婆鬼哭狼嚎,那嗩吶聲在小鎮迴盪,在我聽來所有的一切都太過刺耳。有人說了一句這也算是喜喪了,他的語氣充滿著悲傷,可在我聽來,這分明是一句不痛不癢的話。我心頭的火躥到了腦門,簡直想要揪住這個人的衣領。喜喪?什麼喜喪?你告訴我哪來的喜?可到底還是沒有揪住這人的衣領,這不是懦弱,而是在下一秒鐘人群就開始動了,我被推到了前頭。

　　到了殯儀館,他們說要把奶奶火化,讓我去看最後一眼。當我看到奶奶的面容時,剎那間失去了呼吸,雙腿一軟差點癱倒在地。下一秒鐘,我便陷入了無窮無盡的恐懼之中,這種恐懼深入骨髓,讓我渾身發冷,根本止不住自己的顫抖。

　　原本我與所謂的死亡面前有一堵牆,這堵牆與我之間存在著時間的距離。我還以為那是離我很遙遠的事,死亡在大海看不到盡頭的另外一邊。可它突然到了我的面前,關於奶奶的所有過往,此時此刻正被大火燃燒著。

　　回家的路上,地面變得凹凸不平,我每走一步路都搖搖晃

晃。我把自己關進房間，翻箱倒櫃地想要找那個MP4，才想起那早就被我父親不知道扔到了哪裡。最終我頹然地坐在地上，軟弱無力，任由眼前的世界支離破碎，旋轉不停。

　　我覺得自己徹底無處容身，奶奶原是我在家鄉唯一的安慰，可現在這層聯繫已經徹底斷開了，連接著我和故鄉的線已經斷開了。直到很久以後我才明白，我對那些人的所有痛恨，都是在痛恨自己，痛恨我把所有時間都用來自憐自艾、用來和父母鬥爭，痛恨自己為什麼沒有多回來看看她，痛恨這該死的生老病死，痛恨它把最愛我的、我最愛的人帶到了一個我無法企及的地方。

　　不知為何我走出了家。

　　眼前是路燈和濕漉漉的馬路，街道上沒有一個人，我看著路燈下自己的影子，看到的都是跟奶奶一起走過的影子。我望向前方，分明那就是曾經的我，伏在奶奶背上時的身影。

　　為什麼那時候看到的路燈，跟現在看到的路燈完全不一樣呢？

　　我想起在小時候我難過的時候，她就把我放到自己的腿上，跟我說故事，我就看著天，想像著那一片叢林，想像著叢林裡的小動物，想像著故事裡的世界，想像著故事裡燦爛的日出。她那飽經滄桑的雙手，輕輕地摸著我的頭，這些都在我的眼前。

　　可眨眼間就什麼都沒有了。

什麼都沒有了。

我忍不住想要吶喊，可剛張開嘴眼淚又止不住地流下。我什麼都想不清楚，拿出手機又看到了奶奶發來的訊息，她是怎麼學會打字的？我為什麼之前都沒有注意到這些呢？是不是非要等一個人徹底離開了，才能明白她有多重要？

最終我鬼使神差地給董小滿打了電話。

「怎麼了？」她在電話裡問道，在電話另一頭還聽到了安家寧的聲音。

我左手拿著手機，手依然在顫抖，自己的聲音也一同在顫抖，想說話卻只能發出類似咳嗽的哽咽聲。

「你在哪兒？發生了什麼？」她的聲音再次傳來，當感受到她聲音裡的關切時，我立刻掛掉了電話，因為害怕下一秒就是放聲大哭。

沒過多久，她又打來電話，我還是沒有說出一句話。她也沒說話，跟我一同保持沉默，我能感覺到她走進了一個封閉的空間，事後才知道她那時在安家寧家，怕周圍聲音太雜，蹲在了樓道裡。

我自己都不知道過了多久，小滿卻沒有任何不耐煩的情緒，我聽得到她的呼吸聲，這聲音讓我稍稍平復了一些。僅僅是她呼吸的聲音，就能穩定住我的情緒。

終於我開口說：「我奶奶走了。」

她良久沒有開口，但我聽出來她呼吸聲的改變，那感覺像是跟我一同失去了呼吸，我們彼此都一動不動地在黑夜裡等著對方要說的話。

「還好嗎？」她問，在我聽來這是我近來聽到的最溫柔的聲音。可沒有辦法給出回應，我已經快要被融化在黑夜裡了。

「我知道你或許不想說話，那我說著你聽，好嗎？」她說。

我「嗯」了一聲，這是我費盡力氣才給出的回應。

「我知道這種悲哀很難被安慰到，我知道，」小滿說，聲音裡是我從未聽過的柔軟，「這只能你自己去面對，慢慢地緩過神來，生老病死一旦降臨到我們身上，就像是一個屏障被打破了，飛馳的列車粉碎了那層屏障。可我們必須長出與之相匹配的堅強才行，你在聽嗎？」

「在的。」我埋著頭，看著路燈下縮成一團的影子。

「我以前覺得死去的人會變成一顆星星，那只是人們為了安慰別人才編造出來的故事。」她說，是啊，人怎麼可能變成星星呢，人死去只是消失了而已，變成了灰，這麼大的一個人，最後怎麼就裝在了那麼小的一個盒子裡呢。

「可是如果不是這樣，我們就很難再繼續前行了。我本來也覺得這不過是一個心理安慰而已，可後來才發現，即使他們沒有真的變成天上的星星，至少還能留在我們的心裡。我不會

讓你不要悲傷，不要難過，但我想一定是被愛過，所以你才會這麼難過傷心。可正是因為被愛過，才要帶著這份愛繼續去面對，否則他們所做的一切都會隨之失去意義。」她說。

「你不能讓你所承受的愛，變得無處可去，你是那份愛的容器，並且這份容器有且只有你。你得將這份愛繼承下來，變得更堅強。」她說到這裡，語氣也微微有些顫抖，接著一字一句地說：「陳、奕、洋，你能做到嗎？」

我道聲謝謝，接著也不知道說什麼，兩個人無聲的沉默著。大雨再次降臨，不知道為什麼，冬天的故鄉總是下雨，小滿聽到了雨聲，說：「你趕緊回家去，好嗎？我不掛電話，就在這裡聽著。」

這句話讓我站起身來，可回到家中，我依然覺得一切虛無縹緲。小滿又說了一些話，但我整個人昏昏沉沉，掛完電話後睡意終於降臨，只記得她最後的一句話是：「只要我們還記得，那他們就成為了我們的一部分，永遠留在我的身邊。」

或許小滿說的是對的，可我怎麼也無法從中得到真正的慰藉。這世上任何的道理都無法安慰到我，最終我所獲得的，只是無窮無盡的悲哀而已。最讓我覺得悲哀的是，這世上有人真正地愛著我，而我卻沒有好好珍惜。

可還是要回到學校。

在離開家時，我看了眼父親，原本高大的他現在顯得整個

人縮小了一圈,做出的所有動作和所說的話也一同失去了連續性,竟變得如此僵硬。

我懷著自己都說不清的情緒回到北京,怎麼也提不起精神。我眼前的世界幾乎被剝離了存在感,時間一分一秒向前流逝,我也沒有任何感覺。

夜晚讓我生出一種前所未有的恐懼。我不敢關燈,也不敢閉上眼睛,只要一閉上眼睛,就覺得自己在下沉,在那個深不見底的深淵裡下沉。悲哀像海嘯一般湧向我,永不停歇,在這種時刻,黑暗就是悲傷本身,如同在沒有星星的夜晚孤身一人坐在海邊。一旦這種場景出現在腦海,我就覺得自己隨時會消失,因為沒人在乎,像是有人拿著橡皮擦,輕輕一擦就能把我抹去。

不能不睡覺的時候,我就打開電腦放著電視劇,聽著電視劇裡的聲音勉強入睡。在這樣的狀態下,我實在沒有勇氣去見小滿,怕她看到我如此糟糕,甚至連對她說上一句早安的勇氣也沒有。我怕自己跟她哪怕只是說上一句話,就徹徹底底地依賴上她,給她添麻煩。

就這樣過了一週,家突然停了電,我給物業打電話,那邊的人給了一個電話號碼。可修理的人沒辦法那麼晚趕來,我只得在沒有燈光的情況下度過黑夜。等到電腦和手機都徹底沒電的時候,家裡也就沒了絲毫的光亮。窗外不時有路過的車輛,

我看著燈光一閃而過，整個房間又很快歸於黑暗。

　　窗外剛好又有車經過，我便伸出手來，看著手在牆上的影子，但一切很快消失在黑夜之中，那情景就好像是被黑暗分解了一般，連影子都逃不過這命運。我沒有辦法忍受這黑暗，只好摸黑穿好衣服走到樓下的便利店，向店員借來充電器，把手機放在櫃檯充電。直到這時我才發現，原來距離手機沒電只過去了半個小時。

　　可為什麼我卻覺得像度過了一整夜呢？

　　為什麼黑夜非這麼漫長不可？

　　手機充電需要一段時間，我決定出去走走透口氣。

　　此時大概是深夜的三點剛過一些，街道上已經沒有了什麼人。我又想到了曾經喝酒的那條街，倘若是在那兒，街道上一定是人潮湧動。這是人們在無窮無盡的黑夜中打發時間的方式，可那個世界的大門已經被我自己關閉了，我也不願意再回到那樣的場合，哪怕此刻我想要大醉一場，那裡也沒有歡迎我的人存在。我按下自己的思緒，決心不再去想那些事情，就在我走到街角的時候，在路邊停著的車下發現了三隻貓。

　　牠們似乎很害怕我，本來這三隻貓咪的小腦袋還探在車前，聽到有人的聲音就都縮回車底下了。我停下腳步，蹲下來想看看牠們三個的模樣。整條街道沒有一絲聲響，只有刮來的一陣又一陣風，隨風而來的是驟降的溫度，我打了個哆嗦，突然想

到這三隻小貓之所以蜷縮在車底下，大概也是因為今天的風有些大，讓牠們覺得寒冷。

我折回便利店，給牠們買了三根火腿腸，老實說我不知道牠們會不會吃，只是想起董小滿跟我說過她餵流浪貓的事兒。我把火腿腸掰成好幾個小塊，向著車底扔了過去，又怕因為我的存在牠們不敢出來吃，就走遠了些，坐到離牠們大概有五米的台階上。過了一會兒，有隻白色的小貓探出腦袋來，走到火腿腸旁邊，聞了又聞，又左右看看，像是確認附近沒有圖謀不軌的人存在，才放心大膽地吃了起來。不一會兒另外兩隻小貓咪也探出腦袋來，開始分享起眼前的食物。我這才把牠們三個看清了些，有兩隻貓咪是白色的，另外一隻貓咪比他們體型大了些，是一隻黃色的大貓咪。

在這個黑夜裡，我突然覺得這世上我還不至於是徹徹底底的孤島，三隻流浪貓的出現讓我的心情安慰不少。

第二天晚上我特意去那個街角看看牠們，牠們似乎也沒有那麼害怕我了，與牠們的互動讓我百無聊賴的夜晚多了一絲樂趣，這其中或許還有著同病相憐的意味。

「至少這世上還有貓，至少我們還能有要去的地方。」我想起小滿曾對我這麼說過。

我們都是在這世界無處可去的人啊。

可過了幾天，那三隻小貓就再也沒有出現過。或許它們找

到了新的住處吧，我這麼想到，在台階上又多坐了半個多小時後回到家中。就連貓咪都要拋棄我了嗎？我越發想念姜睿，打開手機給他發了一條訊息，但如同石沉大海，第二天也沒有任何回覆。

空氣裡瀰漫著一種說不清的沉悶感，而我只能重複地過上一天又一天的日子。社交網路已經徹底進入我們的生活，幾乎每個人都在談論網上發生的事。經濟危機似乎也過去了，新的一年即將到來，每個人都滿懷著期待。然而我沒有任何的期待，新的一年對我來說沒有什麼意義，不過就是日曆又翻過一頁而已。明天以後，還是明天。

我想起姜睿所說的「無論如何，先把日子過好，好好生活，好好照顧自己」，雖然我無法打心底相信這句話，但這多少讓我可以勉強打起精神來上課。至少從表面來看，我暫且恢復了之前的生活，只有我自己知道這表象有多麼的不堪一擊。

CHAPTER 11

北 方 以 北

所有糟糕的事似乎都喜歡趕在冬天出現。

　　那是十二月的最後一個禮拜六的夜晚。

　　這一天我在書店打完工，下班後隨便在外頭吃了點晚飯，飯後就戴著耳機準備慢慢踱步回家。就在快到家的時候——大概十點半，我忽然在家旁的十字路口看到了姜睿的身影。因為紅綠燈旁邊的路口燈光昏暗，我差一點沒有認出他來。看到他我第一反應是開心，說是欣喜若狂都不為過，我跟他都快兩個月沒有見到了，遠遠看到他的瞬間，我才發覺自己比想像中更想念這個朋友。我需要這麼一個人跟自己說說話，不需要說那些令人無法呼吸的沉重話題，只要能說說話就好，這麼想著，我的腳步也快了起來。

　　然而就當我走近一點的時候，看清了他的臉，卻突然發覺

他是另外一個模樣。我差點以為他喝醉酒了，如果不是因為我知道他不喝酒，我完全會這麼覺得。「姜睿？」我試著叫出眼前這個人的名字。

「我剛才去樓上按門鈴來著，但是你還沒有回來。」

「怎麼回事？」我問，「你還好嗎？」我沒想到他會以這樣的狀態出現，他的模樣比以往我所見到的每一面都更糟糕。

姜睿當然沒有喝酒，從他的身上聞不到任何一點酒味。可他現下的狀態，是那種醉酒後才有的混亂感。他的臉上像是寫滿了無助，整個人髒兮兮的，看著像是好幾天沒有洗澡，他的眼神充滿著迷離感，一會兒向左邊看一會兒向右邊看。原本很挺拔的一個人，現在看著居然有點駝背。我看著他的樣子難受極了，他的嘴巴一直張著，像是想告訴我一些什麼但又說不出口。

「到底怎麼了？」我問。

「我沒有地方可以去，不知道該去哪兒。」過了一會兒，他像是用盡了全身的力氣才說出了這句話，他說話的語氣像是剛掉進泥潭，給人一種筋疲力盡同時又落魄不堪的感覺。

「先上去再說。」我說，他跟在我身後，在我們在爬樓梯的時候，我聽到了他鞋子拖著地發出的拖踏聲。

我給他倒上了一杯水，告訴他先去洗個澡，有什麼話一會兒再說。他看向我的眼神裡彷彿充滿了感激，這讓我心裡一沉。在他洗澡的時候，我一直在想他這段時間到底出了什麼事。我

能想到的便是他的父母再次打壓他,然後他因為沒有經濟來源,所以被房東趕了出來。

可事情遠比我想像的更糟。

有很長一段時間,他的嘴唇在動,但什麼聲音也沒發出來。我心急如焚,但也知道不能催他,只好默默地等待後續。他這樣的狀態持續了十五分鐘,我越看越覺得不妙,終於他開口說道:「我被趕出來了,因為沒錢付房租。」

我第一反應是一切還沒有那麼糟糕,如果只是經濟問題的話我怎麼著都能夠幫到他一點,實在不行還能找朋友借,雖說我身邊能借錢的人幾乎也沒有,但總是能有辦法的。當我這麼跟他說的時候,他突然生起氣來,當然並不是朝我生氣,那種感覺更像是對自己發火,接著意識到自己失態,道歉後唉嘆一聲:「你可能不明白,我的意思是我現在還欠著別人的錢。」

「啊?」我嚇了一跳,只覺得這句話太荒謬了。

「你問別人借錢了?」我說,「因為要續租嗎?」

「不,不是這樣。」他停了下來,像是下定決心似的不停搓手,接著告訴我這兩個月他身上都發生了什麼。

我現在只能用自己的語言把他所說的事寫下來。因為他給我講述這段故事時,有好幾次幾乎不能好好說話。我知道他內心無比掙扎,一方面他不想說這個故事,因為說出來就相當於再

經歷一次，可另一方面他又不得不說，他給我的感覺就是這樣。

　　他在搬家以後，就開始了白天實習，晚上寫劇本的生活。在我的要求下，他向我描述了他所居住的地方。那遠比我想像的更落魄更狹小，是一個類似於地下室的存在，一個單間，床和桌子擠在一塊兒，想要邁開步伐都很困難，房間沒有窗戶，更沒有所謂的廚房，他這麼一個對飲食要求的人，竟然被迫囤了許多泡麵。我聽著眉頭緊鎖，光是聽他這麼描述，就覺得無法呼吸。說到這裡他苦笑了一下，話鋒一轉說到了他之前找的影視工作室。

　　九月初的時候，他在網路上發出了自己的視頻，不久後有一個影視工作室的工作人員找到他：工作室的負責人聲稱看了姜睿的幾個小視頻，很喜歡他的內容，聯繫他是想問問他手頭還有沒有劇本。姜睿沒有多想，就立刻把前陣子寫的劇本發了過去，那邊的人說很滿意，約他見面聊。見面的情形非常融洽，跟他見面的人對他禮遇有加，說著許多欣賞的話。還承諾等他打磨好劇本，就幫他找導演和製片人，爭取在明年到來之前把這件事給定下。他們的意思是機會就這一次，希望姜睿好好珍惜。這句話給了姜睿希望，他想自己雖然做不到一下子就拍出經典，但現在終於有機會能有一個自己的作品，這個機會他不可能錯過，至少他要向家人證明他不是完全痴人說夢。

　　我才明白為什麼那些日子裡他看起來是那麼焦慮又著急。

這段故事如今寫來可能只有寥寥幾百字,但他把這些話說完,足足花了一個小時。說到這裡,他的情緒才穩定了些,他低著頭又沉默了許久。

「老實說,」姜睿說,說話時姜睿一直埋著頭,即便是偶爾抬起頭,看到我的視線後就立刻低下頭去,「如果這件事發生在一年之後或者是一年之前,我肯定不會這麼愚蠢地不加任何思考就相信他們。就是不湊巧,什麼事情都趕在一塊,讓我失去了判斷力。」

「嗯。」我暗嘆一聲,表示理解。

「後來有一天,他們找到我,說幫我找到了導演,那天我開心壞了,就像是漆黑一片的隧道突然到了頭。他們說幫我約的是晚上見面,在一家高級的餐廳,我什麼都沒想,回到家找出來唯一的一套西服穿上,然後反覆看自己的劇本,想著他們會問我什麼問題。我相信自己無論遇到什麼刁鑽的問題,都能回答上來。

「哪知道他們什麼問題都沒有問我,只是說了一些無關痛癢的話。那天是我第一次去這樣的場合,他們開了好幾瓶酒,我也就跟著喝了一些。你知道這種場合我也不可能不喝,而且他們的勸酒詞一套接著一套,我壓根招架不了。」他說。

不知道為什麼我想起了夏誠的酒局,有些人恐怕是天生不適合這樣的場合的。我甚至能想像到他們對著姜睿說些什麼,

大概都是那種恭維人的話，聽著一時舒心，事後想想毫無營養。但我也明白這時的姜睿或許想不了那麼多了。

「然後他們說需要一筆前期投入，呵呵。」他乾笑了幾聲，那模樣既不是鬱悶，也不是生氣，只是單純的無奈而已。

「然後呢？」我的眉頭緊鎖得更厲害了，隨即嚥下一口水，隱隱猜到了故事的後續。

「我⋯⋯」他說，「我拿出了我的積蓄給了過去，還問別人借了一點錢。」

我屏住了自己的呼吸，想說話但只發出了「呃」的聲音，只好乾咳一聲。

「就在上週末，我看他們沒有回音，就跑去他們所謂的辦公地址去看了眼。」他把手放在嘴邊來回摩擦，不停地調整自己的呼吸，說道，「那是一個寫字樓的 21 層，我到了樓下還一直在幻想著能找到他們，他們說不定只是很忙，一時間沒有回我。可當我到了 21 樓，看到那個標牌的時候，就知道一切都完了：那是另外一家公司。前台有一個姑娘，問我想要找誰，我說不出話來，扭頭就跑，可是電梯怎麼也不來，我是一層一層樓梯跑下去的。跑到樓下的時候我衝出了大樓，回頭看看這裡的各種寫字樓，這些寫字樓是那麼高，人類建造出了如此規模的摩天大樓，卻反倒讓自己變得渺小。那瞬間我覺得自己竟然無處可去，我跟這些摩天大樓裡工作的人們比起來，什麼都不是。」

聽他說完這些，我握著水杯的手止不住地顫抖，水一點點沿著杯沿灑出來。

「這怎麼行！」我憤怒到了極點，這是我有生以來的第一次，「我陪你再去找他們。」

「找不到了。我試過。」他說。

「那就去報警！我陪你去！」說完我就想拉著他出門。

「去過了。」他說，「但員警說這件事可能也沒有辦法，一是相對來說我被騙的金額並不算太大；二是我有關於他們的資訊實在是太少了，他們的資料全都是假的，我也是才反應過來，他們從來沒有告訴我真名。」

「怎麼可以這樣……」我也沒了站著的力氣，一下坐到沙發上，「難道真的一點辦法都沒有了？」

「我能做的，只有等待消息了。」他說。

他沉默了半晌，表情是前所未有的嚴肅。

「之前我不是說過為什麼喜歡做飯嗎？讓我再說一遍吧，我喜歡做飯是因為它是一件可控的事。你多加了或者少加了一勺鹽，味道立馬就不一樣。你可以反覆地修正，總有一天可以做出自己喜歡的口味。」

「嗯。」我點頭。

「我以為我修正不了我的過去，總能修正我的未來。可人

生總有些事情是修正不了的,不管怎麼努力都修正不了。」他說。

　　他說這話時的神情直教我受不了,哪怕他是懊惱也好,哪怕他是氣憤也好,這樣都有一切可以從頭再來的可能性,可他臉上的神情只有「無奈」兩個字而已。他彷彿接受了這個糟糕的事實,並且在內心已經決心放棄。怎麼可以就這樣讓這件事過去?我在心底怒喊,感覺自己的腳底,正生出一團火,直接衝向了腦門,我花了一段時間才把自己的心情平復下來。有那麼一瞬間我甚至都產生了一種錯覺,彷彿這事情是發生在我身上的一般,不然我無法解釋這種心情從何而來。

　　等到我理解自己的情緒時,已經是一個多月之後的事了。

　　那天我們還說了很多話,很多很多,比以往的任何一天都多。但到最後他提不起任何的興致,我也不知道應該說什麼了。明明想鼓勵朋友,想說一些讓朋友可以振作的話,但千言萬語最後都化為沉默,更何況我自己也是糟糕無比的狀態。

　　大概是夜裡一點鐘的時候,他站了起來,那模樣像是轉身就要離開。

　　「你要去哪兒?」我趕忙問道。

　　「不知道⋯⋯」他說。

　　「不行,你今天就待在我這兒,哪裡都別去。」

「太麻煩你了。」他說。

「怎麼麻煩了?何況這本來也就是你的家啊。」我說,儘量讓自己的語氣不容反駁,同時他的樣子讓我有些惱火,為什麼覺得這是一件會麻煩我的事呢?我那時沒有想到,有時候我也會這麼說,說一些害怕麻煩別人的話。我也沒有想到,如果對親近的人過於禮貌,會讓他們覺得有距離感。

我絕對不能放下他不管,隨即想到他沒有拿著行李箱,在我的追問下才知道他的箱子就在他那單居室的門口放著,我不管他的勸阻,跟他一起回去拿到了他的箱子。我才發現他箱子的輪子已經壞了兩個,幾乎不能拖著在地上走。我以為是被房東扔出來的時候弄壞的,說:「明天醒了我跟你跟房東說理去,就算不住了,也不能這麼粗暴對待租客的行李啊。」

「這是我那天搬過來的時候弄壞的。」他說,地下室的燈光很暗,我看不清他的神情,「搬家那天其實我沒有叫車,我拖著行李箱走過來的,本來輪子就不太好,那天徹底壞了。」

「你為什麼不跟我說呢?」我說。

他沒有回答。

回到家中他說自己睡不著,可明明就是一副精疲力竭的樣子。他腫著的雙眼已經幾乎睜不開了,說話也已經有氣無力,我知道他此刻最需要的就是休息。最終他沒有拗過我,還是依得我的主意先好好休息。在他睡下後,我回到房間,躺到床上,

根本就沒有一點睡意，想著可以為我的朋友做什麼。我想著說不定他還可以回到書店打工，然後勸他不要著急，一步一步慢慢來，然後把他拉回之前的生活。

我想這些都是我能做的，如果我沒有辦法幫助到他的夢想，那麼我應該盡全力把我的朋友從泥潭中拉出來，即使我自己能做到的事情十分有限。而且我認為，我可以在幫助朋友的同時走出我自己的困境。

第二天我特地起了個早，給姜睿和自己做早飯。

可當我做完早飯準備叫醒姜睿的時候，發現他已經不在房間裡了。他的行李也不知所蹤，我心一沉，擔心他做出糟糕的事，便趕緊給他打去電話。

電話裡他說自己會想辦法找到住的地方，實在不行試著求學校讓他住回宿舍，只是讓他不付房租住在我家實在是太過意不去。不管我怎麼勸怎麼說，他對於這點毫不退讓。掛完電話我發現他給我留了一本書，還是那本橙色的書，但不是我送他的那本，而是嶄新的一本書。我翻開書，他在裡面的明信片上寫了「謝謝」兩個字。

謝什麼謝，我什麼都沒做，我在心裡說。

我突然看到明信片的背面還有一行字。

「或許接下來的一段時間，我們都不會再見面了，希望你一切都好。」

這次跟他搬走那次完全不同，那時我感覺他只是搬家而已，往後還能見面，這次我卻覺得他是決定徹底離開這裡了，或許他來找我就是為了告別，他要告別的是我，他要告別的是北京，或許他還要徹底告別自己的夢想。這次他離開，或許我們就真的不會再見面了。

　　為什麼我不多做一些呢？為什麼我不多說一些呢？這兩個想法縈繞在我的腦海。

　　這可是這世上我僅有的朋友啊。

　　2010年悄無聲息地到來，我步入了二十歲，雖然依然是年輕人，但看著校園裡比我小的孩子們，總覺得自己少了一些什麼。我照常上課，照常下課，孤獨依然是我生活的主旋律，但那感覺比之前更深邃了，之前我總還能給自己一些小小期待，至少還能期待與姜睿再次說話，但現在他已經徹底地跟我揮手告別。夏誠也好，姜睿也好，我大學所找到的兩個朋友（或者說類似於朋友的存在），一個決心擁抱新生活，另一個決心銷聲匿跡，就此離開了我的生活。一併離開的，還有我能夠回去的地方，這世上再也沒有我的容身之地了，我也一心想要消失才好，可到底沒有這個勇氣。電影裡描述的世界末日還沒有來臨，作為一個活著的人，我依然要面對這烏雲密佈一般的生活。

　　月底的期末考試我沒花多少精力就順利通過。想來是因為

我無事可做，只是專心學習罷了。夏誠連考場都沒有出現，或許期末考試對於他來說已沒有任何意義。考試告一段落之後，眼瞅著過年的時間還早，我便收拾好行李一個人出走了。我出走旅行的直接原因是房東告訴我新一年要漲房租，我眼下所攢的錢怎麼也不可能再繼續住下去，索性告訴他我要退租，其實我連接下來要住去哪裡都不知道。我手頭還有那麼一點錢，剛好夠出去旅行一次，我查了去漠河的機票，幾乎沒有做任何思想鬥爭就決定去那個地方看一看。

　　但我知道我出走的理由並非只是漲房租這一個原因，歸根結底是這個地方我待不下去了，走到哪兒都能看到別人的幸福，這只能提醒我自己是多麼的落魄。我心煩意亂，完全靜不下心來，於是出走成了唯一的選擇，要去哪裡都無所謂，至於能看到什麼也幾乎不抱任何期待。我已經一無所有，逃避是我最擅長的事，一如我一直以來做的那樣。

　　記得一路上我戴著耳機，反覆循環著一首歌，那是一首很老的歌，名字叫 The Sound of Silence。這首歌還是很久以前姜睿推薦給我的，那是在書店時他放的歌，當時只是單純覺得好聽，在旅途中聽來卻別有一番感覺，尤其是歌詞的第一句：「Hello darkness, my old friend.」到頭來，我只能跟黑夜做老朋友，跟沉默做老朋友。或許是這首歌的緣故，我竟然連風吹來的方向都記得一清二楚。那是冷得徹骨的風，吹著地上的落葉，風聲反

倒讓世界變得無比安靜，就好像這世上除了耳機裡的聲音，就只剩下風的聲音了，蕭瑟又空洞。

　　這是中國最北邊的地方，冬天來這裡的人很少，飛機上也都是空位，這兒的人流量跟北京完全無法相比。無論我走到哪裡，前前後後的人都屈指可數，我所感受到的孤獨卻跟在北京時如出一轍，或許在哪裡都一樣，孤獨的都是人而已。我記得自己茫然地走在河邊，感受著刺骨的風，河已經被凍成了堅硬的冰，自然看不到任何一條魚，我驀然想起學校裡的鴨子，此刻自然沒有鴨子的身影，放眼望去，只有枯枝散葉，整個世界沒有一絲的生機，一副末日景象。

　　到漠河的第四天，日曆悄無聲息地翻到了二月，我給董小滿打了個電話，原因我也說不清楚，大概只是想知道這世上還有一個人願意跟我聯繫，願意接我的電話。

　　「你去哪兒了？」電話裡她說，「怎麼都是風的聲音？」

　　「漠河。」

　　「漠河？」她似乎在理解這到底是什麼地方，隨後問我，「去漠河幹什麼？」

　　「我也不知道。」

　　「跟誰去的？」

　　「我一個人。」我說。

電話那頭沉默幾秒,她才說:「那好吧,那兒怎麼樣?」

「很冷,是個小鎮,也沒有什麼人。因為是冬天,也沒有特別好看的風景。」

「你可別感冒了。」小滿說。

「嗯。」說到這裡我在腦海裡斟酌著要對她說的話,想告訴她其實想跟她再見面,可還沒等我再說話,手機就被凍得關機了。我愣在原地,好不容易鼓起的勇氣瞬間消失,只好嘆息一聲,連手機都在跟我作對。

我撿起腳邊的小石頭,用盡全力向河裡扔去,小石子打在冰上,出乎意料地沒有發出一點聲音。很快那石子就落在冰上,因為太小又離我有段距離,變得難以分辨。我在河邊坐了一會兒,終於受不了這徹骨的寒冷,決定走回旅館去。走出了大概一百米的時候,我回頭看了眼,河邊的景色還是那樣,絲毫看不出我來過的痕跡。

是了,大概就是這樣的,我就是這樣的人吧,無論我走到哪裡,都無法改變什麼,回過頭看一眼,連來過的痕跡都沒有。

我不止一次想到了夢真,想到了姜睿,想到了夏誠,想到了那些曾經在我生命裡出現、消失的人,如果一個人到來的最終結局是悄無聲息地離開,那這個人的到來到底有什麼意義呢?

我想不清楚。就連父母也沒有給我打來電話,他們明明知道我放假了,也沒有問一句要不要回家,事實上,他們打來的

唯一的一個電話就是告訴我奶奶離世的消息。我奶奶是一定會接我電話的那個人，可是她已經離開我了。我的心又隱隱作痛起來。

此時此刻，我一個人走在漠河的街道上，沒有一個人跟我說話，也沒有一個人會跟我聯繫。

這不是我應該習以為常的事情嗎？

回到旅館，我把手機充上電，想著應該向董小滿解釋是因為手機被凍關機的緣故才斷了電話。可到底還是沒能打出那一行字，為什麼要解釋呢？解釋了又能改變什麼呢。如果我向董小滿表達心意，又能換來什麼樣不同的結果呢。

不會的，不會不同的。歸根到底，現在的我只是一個空洞的軀殼而已，我只是一個叫作陳奕洋的人而已，除了這個名字外什麼都沒有。我無法給愛過的人帶來希望，我無法給朋友分憂解難，我無法留住愛過我的人。我所希望擁有的東西，或許都短暫地擁有過，可最終還是一併消失，就像是行走在無邊的沙漠，所出現的都是海市蜃樓。如果這樣，我寧願我從未擁有過。

因為是淡季，整個旅館沒有多少客人，這讓原本就很小的旅館，更顯得門庭冷落。晚上吃飯時，大概是看我眼熟，老闆和老闆娘給我做了好幾個菜，還做了當地最有名的魚。老闆拿

著酒坐到我身邊,問我:「怎麼想到一個人來這兒旅行?」

我只好答道:「弄丟了一些人,也找不到未來的方向,所以想出來看看。」我不知道為什麼說出了這些,或許是陌生人的善意讓我覺得可以說一些心裡話。

「我年輕的時候也這樣呢,」他抽起了一根菸,問我要不要,我接了過來,「因為不知道能做什麼,所以就想到處看看,尋找所謂的答案。」

「嗯。」我點頭,「那你找到了嗎?」

「沒有。」老闆開朗地笑了起來,他的眼神裡一閃而過飽經滄桑的睿智,接著化成了一種長輩特有的溫柔,那溫柔我在奶奶的眼神裡看到過。「沒想到我會這麼回答吧?這世上有很多地方有很多人,等你去更多的地方你就會發現了,這世界比我們想像的更大。到處都是奇妙的人,每個人都有自己的生活方式,所以哪有什麼答案呢?這世界的真相就是沒有答案,相聚離開通通都沒有答案,只要你回想起來問心無愧就好。」

問心無愧就好,可如果我內心依然不安呢?我沒有把這句話說出口,總覺得說出這句話就辜負了老闆的一番好意。

過了一個小時,我吃完飯又跟老闆喝了一點酒,大概是許久沒有喝酒的緣故,只是兩杯酒下肚,我就有點暈暈乎乎了。老闆又問我接下來有沒有想去的地方,我答道沒有,他告訴我這裡的日出很美,只是有點冷,如果想去的話,他可以一早起

來帶我過去。

「如果有想不通的事情，看一眼日出就好了。」他說。

看他熱情的模樣，我只好應承下來。當天晚上我強迫自己早早入睡，或許是喝酒的緣故，我竟然一下子就睡著了，印象裡已經許久沒有這麼快地入睡了。凌晨三點半我就醒了過來，老闆在四點剛過一點的時候敲我的門，帶我去那條河邊。我才知道他所說的日出就在這條河邊，老實說我想的是自己白天剛來過這裡，沒有什麼好看的。

那天等日出的人只有我和老闆兩個人，他全副武裝，還給我帶了一件棉衣，我連聲道謝。我不知道具體的氣溫到底是多少，據老闆所說應該是零下四十度左右。我拿出手機想要拍照，但手機剛拿出來一分鐘就又被凍關機了，老闆笑著說他帶了相機，如果我需要的話，可以多拍幾張照片給我。

快五點半的時候天開始亮了起來，不到六點第一縷陽光升起。大自然的力量瞬間展現在我的眼前，首先是河的對岸漸漸亮了起來，我能看到一片又一片雲被染成了鮮紅色。那顏色是如此地鮮明而又具有生命力，在這之後太陽才慢慢地露出一頭。顏色逐漸變成了金黃色，那是任何顏色都無法與之比較的金黃色，也是無法從電腦或手機裡看到的顏色，這顏色兀自照亮了大地。眼前的景色居然跟昨天看到的完全不一樣了，一切又漸

漸地有了生機,那瞬間我覺得自己也好像被喚醒了一般。

如果董小滿在就好了,我們就可以並肩看著這景色。那些人造的景色,那些摩天大樓自然有它們的力量,可大自然完全在另外一個維度,它是超過於人類之上的存在,是一種堅硬和柔軟並存的力量。我沒有想到竟然能看到這樣的日出,差一點就淚流滿面。我決定至少要好好活下去,至少要為了這個日出活下去。

回到旅店之後,我忽而想到,在剛才的那兩個小時內,我竟然一點都沒有想起吳夢真,在我腦海裡出現的身影,都是董小滿。

我走到了鏡子前,鏡子裡是一張無法直視的臉孔,皮膚狀態極其糟糕,面色也很差,是病態的蠟黃色,雙眼塌陷,像是許久沒有好好睡覺一般。我好像又瘦了一些,臉上像是莫名其妙塌陷了幾塊,我洗了一把臉,想給董小滿發去照片,才想起來手機裡一張照片都沒有拍。我又看了眼行李,想著應該回去了。看到了這樣的日出,總算是不虛此行。

我跟老闆告別,他告訴我下次來的話可以直接找他。還一路送我到機場,我跟他再三道謝然後告別。在飛機上我再次看了眼窗外的風景,只覺恍若隔世。剛下飛機,空氣裡就瀰漫著絕望感,像是老朋友一樣歡迎著我。我突然頭疼起來,忍著頭痛趕回了家,才想起房子已經退租了。盤算著手裡的錢,還夠

我找便宜的旅館再睡兩晚，也沒有其他的辦法，只好在大學城附近找了一家旅店。

　　在旅店樓下看到了男男女女，他們有說有笑，空氣裡都是曖昧的氣息。他們看向我的眼神裡充滿著困惑和不解，或許他們在想我這樣的人來旅店做什麼。

　　我顧不得去思考他們的想法，回到房間後給自己燒了熱水，意識到自己可能是發燒了。童年的醫院經歷讓我對自己的身體敏感許多，還好我不管走到哪裡都常備好藥。

　　兩杯滾燙的熱水下肚，我又向前台多要了一床杯子，吃了感冒藥沉沉睡去。

　　第二天醒過來的時候，手機裡是兩條訊息。
　　都是安家寧發來的。

CHAPTER

落在海中的雨

12

第一條訊息是：「我把夏誠送走了。」另外一條則是約我見面。

　　我沒有馬上回覆，站起來走了會兒，發現身體好轉了不少，這讓我覺得不可思議。原本以為要病上好幾天，興許是前陣子的健身起了作用。我又休息了一個下午，大概到晚上五點時，覺得身體已經好了差不多，才給安家寧打去電話。

　　「還好嗎？心情怎麼樣？」我問道。

　　「想了很多。」她說。

　　「有話想對我說？」我實在是不知道她找我的理由。

　　「嗯。」她答道。

　　「關於夏誠的事嗎？」我問道。

　　「不止，還有關於董小滿的事，什麼時候有空？」

「今天就有,那一起吃晚飯?」我提議道。

想著要出門見人,我走回鏡子前,剃了鬍子、洗了頭髮,儘量讓自己精神起來。走出旅館的時候我不由得打了一個哆嗦,今天的天氣還是很冷。但街上的女孩們似乎沒有受這溫度的影響,穿得像是現在只是秋天似的,又像是她們已經提前聞到了春天的氣息。我剛走到街角,就看到了安家寧。她的整體印象跟我上次見到她時依然沒有太多變化,只是那眼神變得坦率而有力,少了陰翳的感覺。她見到我笑著跟我打招呼,依舊是極為含蓄的笑容,這是她的風格。我也笑著跟她回應,接著我們倆便並肩走向餐館的位置。

一路走著話不多,我腦海裡浮現起上次跟她見面時的情形,突然想起了姜睿。直到這時我才看到了他們身上的共通點。歇斯底里都不是他們的性格,即便遭遇了再糟糕不過的事,他們也只是自己默默承受,哪怕生氣也是對自己生氣。像我說的,如果一個人可以發洩出自己的情緒,那作為朋友就知道如何去安慰他們。可有的人就是做不到這樣,他們緩緩地告訴你發生在他身上的故事,其他的什麼都沒說,也什麼都不會去做。哪怕是最難過的時候,還擔心自己是否會影響到朋友的情緒。

我突然明白為什麼發生在姜睿身上的事讓我如此地悲哀。

我原本以為像她和姜睿這樣美好的人,理應享受最美好的人生。可世界向另外一個方向急轉直下,這一點讓我覺得可怕。

我期待姜睿可以實現自己的夢想,期待安家寧可以擁有自己的愛情,希望他們都可以幸福。我之所以這麼期待他們能夠幸福,大概是因為他們是我見過的最美好、最積極、最純真的人。認真又努力的人,理應看到這世上溫柔的一面,得到溫柔的對待。

　　可到底事與願違,應該發生的和實際發生的不是一回事。這種情形一直在發生,發生在我的朋友身上,發生在我自己的身上。我想到了這麼多年來的願望,我所期待的無非只是有人跟我說說話,可最終不過還是孤身一人。如果連他們都得不到世界的公平對待,那像我這樣的人又該如何面對未來呢?

　　這世界為什麼總是讓人不停地失去呢?

　　正當我這麼想著的時候,安家寧打破了沉默,她說:「怎麼看起來精神好像不太好?」

　　「前陣子去了一趟漠河,昨天又有點感冒。」我說。

　　「感冒了?那我真不該今天叫你出來吃飯。」

　　「已經好了」我說,「實際上我也覺得自己應該出來呼吸一下新鮮空氣。」

　　安家寧含笑說道:「你確定出來呼吸的不是霧霾?」

　　「也不壞。」我說,「總比悶在房間裡好多了,而且有人可以說話對我來說是一件很好的事。」

　　她點點頭:「這也是我找你的理由,有些話想說。」

　　「可我不明白,為什麼要對我說。」雖然這麼說有些不禮

貌，我還是道出了內心的疑惑。

「因為我覺得你能夠理解，而且還有些話必須對你說。」

「啊？」我丈二金剛摸不著頭腦。

「一會兒再說吧，就快到了。」安家寧指著前頭的餐廳說。

我們走進餐廳，隔桌相對而坐。她熟練地點了幾個菜，又問我：「不來一點酒？」

「好啊。」我說，「只要不喝多。」喝酒這個習慣倒是保留了下來。

「放心。」她笑著說。

接著我們便專心吃飯，時不時地拿起酒杯喝酒。我跟安家寧都沒怎麼說話，或許她在想著要對我說的話。我們相對無言地吃著飯，跟周圍的人產生了鮮明的對比，他們每個人都在七嘴八舌地說著，北京的大部分地方一向如此，浮華又喧鬧。得益於我跟安家寧的安靜，我多多少少地聽到了身旁的人在說什麼。一個穿著西裝模樣的年輕人對另一個女生說著自己的生意，牽扯的有一個多億，他說得眉飛色舞口沫橫飛，那模樣實在讓人覺得忍俊不禁。安家寧似乎也聽到了他在說什麼，臉上也泛起笑容。

服務生端來甜點，我們又沉默地吃起甜點，但這沉默並不讓我覺得難熬。

原來沉默也能恰到好處。

吃完甜點後，安家寧看了一會兒窗外。真奇怪，北京的今天一點風都沒有。

「你肯定想知道我今天想對你說什麼吧？」她轉回視線，放下勺子，看著我說道。

「嗯。」我點頭。

「不過在那之前，我想事先告訴你：小滿之前跟我略微說過關於你的故事。」她說，「這也是我覺得你會理解我今天要說的話的原因。」

「我的故事？」

「嗯，」她端起酒杯喝了一小口，接著說：「說你在以前受過很大的傷害，來自同學的，來自你愛過的人的。」

「這些事啊。」我喃喃自語道，接著保持著沉默。

「我有個請求，」她說，「希望你能說說當時的心情，如果不冒犯的話，有一些事我想確認。」

「沒事。」我說，接著想了一會兒，我突然意識到想起那些事情的時候內心已經沒有太多感受了，彷彿那是發生在別人身上的事件，我忽然體會到了姜睿跟我說他故事時的心情。就像一顆巨大的石頭落入湖面，即使會泛起漣漪，甚至發出「轟」的巨大聲響，那也都是過去的事了，那塊石頭已經沉入了湖底，至少湖面已經恢復了平靜。

安家寧一動不動地看著我，等待我要說的話。

「現在我回想起來，就像是在大海上下了一場悄然無聲的雨。」我說。

「你這人說話真的很認真。」安家寧含笑說道，「總給人一種文縐縐的感覺，像是會放在書裡的話。」我從她的眼神裡看出這不是一句戲謔，而是很認真的話。「但這不是壞事哦，這樣才更有談心聊天的感覺。這世上很多人每天說的很多話，仔細想起來都沒有什麼意義。」

我一時沉默無語，她像是突然想到了一件事一般說：「剛才我的語氣是不是有點像夏誠？」

「嗯。」我點頭說。

「這也是沒辦法的事啊，畢竟我們在一起生活那麼久，被他影響了吧。」她說道，在她說這句話的時候，我一直看著她的臉，好在她的情緒沒有太大的起伏。「我現在明白為什麼董小滿說跟你談心很適合，你身上有這種氣質。具體說說那場大海裡的雨可以嗎？我這個人的理解能力有限。」

「抱歉，」我說道，又想著董小滿為什麼會說那樣的話，「可能這麼說有些誇張，但那的確是一場傾盆大雨。我在人生的海裡航行，突然失去了方向，大雨又瞬間降臨，讓我覺得自己隨時都可能被這場雨所吞沒。這場大雨只下在我一個人的身

上,就像是在那瞬間這片大海上只有我這一艘船而已。前後看去,只有一片漆黑,而我孤身一人。有無數次我都覺得自己隨時會落入海裡。」

「可為什麼要說是在大海裡下的雨呢?」安家寧問。

「因為對於別人來說無足輕重,」我想既然說到了這裡,應該再詳細地說明,「對於我來說是一場大雨,可對於岸邊的人來說,他們連下雨的聲音都聽不到。或許壓根不知道在海的中央正下著一場雨,其實有很多次我都想把這些話說給別人聽,自己憋著實在是受不了。可怎麼說呢,我能感覺到他們並不在意這些事,後來也就不想再說了。」

「你這麼一說我就明白了。」她說。

「那就好。」

「有些事是沒有辦法跟別人說的,因為一旦別人擺出來一副無法理解的樣子,那感覺會更糟糕,還不如不說,是這樣吧?」

「嗯。」我想起了剛進大學時的感受。

安家寧不說任何話,依然一動不動地看著我,那模樣像是想讓我繼續說下去,於是我說道:「那些事對我產生了很大的影響,就像是對人敞開心扉的能力突然間消失了,而我即使存活了下來,也不過是大海裡的孤舟而已,指南針已經失去,身

邊是茫茫大海,沒有任何座標,看不到自己能去的地方。甚至有時覺得哪裡都不想再去了,就這麼孤身一人地沉默著,直至沉沒。」

「因為害怕受到傷害?」

「可以這麼說。」我喝了一口酒,挪開自己的視線,看著窗外昏黃的路燈。

「那之後發生了什麼?」她說,「不管怎麼說,那都是以前發生的事了,我想你應該不會因為許久前發生的事突然去一趟漠河。」

不知道這是不是女性所特有的敏銳,安家寧也好,董小滿也好,她們總能看出別人的心事。或許這也是女性的魅力之一吧。我這麼想道。

「其實也不是發生在我身上的事,只是我的朋友遭遇了一些事。他可以說是這麼多年來我為數不多的朋友。」我想了一下,決定把姜睿的故事告訴她,包括那張留下來的明信片。

「這麼說來,你是覺得自己沒有為你的朋友做什麼,所以才一副不安的樣子。」她小聲說出了自己的總結,但又怕說得不對,所以語氣裡充滿了不確定。

「嗯,可能有些難以理解吧,但對我來說這確實讓我很難過。當然還發生了其他的事情。」

「不,一點都不難以理解。」她搖搖頭,說,「對每個人

來說，朋友都是很重要的。在他們身上發生的事，會讓作為朋友的我們更難過，這很正常。」

「就像是終於在大海上遇到了另外一艘船，卻眼睜睜看著他的世界裡下起了一場大雨。」我說，「現在他也離開我的生活了，或許我就是這樣的人吧，能做到的事終究太少，朋友也好，愛過的人也好，曾經一起玩的人也好，最終都只能獲得失去的結果，最終也只能一個人沒有方向地漂流，所以哪裡都不想再去了。」

「可在我看來，你做得足夠多了。」她瞇著眼睛看著我。

「什麼？」

「你之前說的那場大雨，其實每個人都會遇到，我也遇到了不是嗎？」她說，「或許隨著成長，我們每個人都會遇到各式各樣的問題，但身邊有一個人站在你身邊的感覺已經足夠美好了。我可是很有資格說這句話的哦，小滿就是陪在我身邊的那個人，而對於你的室友來說，你也是這樣的存在。只要是心聯繫在一起，就足夠了，這比其他形式的幫助都重要。這樣的人有一個就彌足珍貴了，所以你沒有做錯什麼，根本不必因此而不安。」

我不知道該說什麼，我從未從這個角度想過這個問題。

「董小滿跟我說過，你這人習慣性地把所有錯誤都歸結給自己，一大特徵就是喜歡跟人道歉。明明你就什麼都沒做錯

呀。」安家寧接著說道,「她說的果然沒錯。」

「她這麼跟你說過?」

「你可能不知道吧,她跟我說過許多你的事情。」

「這⋯⋯」我口乾舌燥起來,把杯中的酒一飲而盡。

「在說她的事之前,我想告訴你我現在的感受。」安家寧說,「我前天把夏誠送走了。」

「嗯。」我點頭,「在你發來的訊息裡看到了。」

「我以為我可以平靜地看著他走的,但還是大哭了一場。」她說,又指了指自己的眼睛,「我眼睛有點腫吧?」

「沒有。」我說道。

「我幫他整理好所有的東西,幫他收拾好箱子,我希望他還能對我說一句『等我』,真的,只要這兩個字就足夠了,我那時告訴自己,只要他說出這兩個字,不管要等多久,不管結局如何,我都會等下去。很可笑吧?」

「一點都不可笑,」我說,「我想你就是喜歡他到這種地步。」

「喜歡他到這種地步,」她喃喃地重複了一遍這句話,「喜歡到我是那個被丟下的人。」

我看著她無意識地拿起酒杯,也拿起了一杯酒。為什麼兩個人不能好好在一起呢?為什麼選擇一種生活就非得放棄另外一種生活呢?

「不過說老實話，在剛開始成長的時候，我的身邊就有夏誠了。我生活的中心幾乎都是夏誠，被他牽著鼻子走，當他跟我說要離開時，我連難過的情緒都來不及感受。我只是突然間發覺自己早已經是一種失去自我的狀態了。如果他不在這個時候離開，我們在未來也會分開，這只是或早或晚會發生的事而已。說到底，我們完全是兩種不同類型的人。」

　　我想起了夏誠平日裡的模樣，不得不承認安家寧所說的一點兒不錯。

　　「這些我都清楚，」她說，「其實早在很久之前就發現了，只是捨不得放棄而已。換句話說，即便瞭解這樣的事實，也沒有辦法立刻接受。」

　　「嗯，」我說，「你說的我能明白。」

　　「所以我要幫他，幫他離開這座城市，」她說，「其實這是我的告別方式，每天看著他離我遠一點，就是每天在跟他告別一點點，別無他法。我比誰都喜歡他，這一點千真萬確，長久以來我所幻想的未來裡都有他。可是我真的累了，甚至可以說疲憊不堪，尤其是看到他一點點邁向新生活的時候。聽起來很矛盾吧？我一方面希望他留下來，可以跟我一起邁向我想像中的未來；另一方面我又希望他趕緊離開，讓我斷了這層念想，如果繼續這麼拖下去，結局或許會更糟糕。這樣聽起來不像是自我安慰？」

「不，我能夠理解你的感受，或許換成我，我也會這麼做。」

安家寧微微一笑，說：「我的感覺沒錯，我所說的你果然能夠理解。」

「可能因為我也遭遇過類似的事情吧。」我笑著說。

「所以在他走的時候，我大哭一場，但不僅僅是為了他離開這件事而哭的。」她把手放在桌子上，調整自己的呼吸，說道，「我不單單是告別夏誠，告別一個我所愛的人，同時我也在告別跟他在一起的我自己，告別那個記憶裡的女孩。我的腦海裡只有兩個念頭，一個是我希望他可以過得很好很好，哪怕未來的日子裡沒有我的存在；另一個是從今往後我就真的邁向一種未知的新生活了，在這裡我沒有座標，我只能靠自己的力量去尋找新的座標。」

她說完這句話後，我產生了一種非常奇妙的熟悉感，隨後很快反應過來，從某種角度上來說我就是她，她就是我，我們都是被丟棄的人，都是失去了座標的人，都得在這個巨大而又奇妙的世界裡尋找生活下去的方式。

「所以，你看，我的世界裡也正在下那場大雨呢。」她笑著說，把手放到了頭頂，一副躲雨的樣子。她的眼神裡閃過一絲堅強，那是屬於安家寧人生的底色，我知道這一點。換過來說，我沒有她這麼堅強。

可直到現在，我依然不知道她為什麼要對我說這些。我有一種預感，她不僅僅是找我這樣一個跟她有類似經歷的人來訴說自己的感受，不僅僅是這樣，她說這些還有著其他的意義，更深層次的意義。

「我覺得很不公平。」我說。

「什麼？」她問。

「覺得發生在你身上的事也好，發生在姜睿身上的事也好，都不公平。」

「或許吧，可又能怎麼樣呢？」她說，「或許我們每個人背負著這場大雨，誰也逃不掉。但因為你看不到別人的雨，別人也看不到你的，所以才會覺得只有自己和身邊的朋友遭受了不公吧。可說到底，怨不得別人。當初跟夏誠在一起也是我自己的選擇。」

我想起那天在便利店門口遇到的那個女生，短暫的沉默再次降臨，旁桌的那個人說話越來越大聲，我看向周圍，大家都差不多是吃完飯聊天的狀態，餐廳變得更加嘈雜。安家寧提議換個地方再聊，說有些話還沒有說完，我點頭說好。她執意要付錢，我說這麼久沒見應該我來付，便搶過了單。但等到要付錢的時候才發現自己身上已經沒有足夠的錢結帳了，這讓我的神經再次刺痛起來，安家寧看出了我的窘迫，什麼也沒說把錢付了。

當我們走到外邊時,冬天的寒冷再次席捲而來。我倒是還好,穿了一件很厚的綠色大衣,安家寧只是穿著天藍色的毛衣加一件很薄的外套而已。我看向頭頂的天空,仍然看不真切,星星依然迷路,空氣中像是有看不見的顆粒,這個冬天北京的能見度一直都很差。

　　「要去哪兒?」我問道。

　　「去夏誠家。」她說,「他的屋子還沒有退租。」

　　我沒想到她會說要去夏誠家,提議說不如去一個沒有多少人的酒吧,她笑了起來,說:「怎麼了?不想去夏誠家?還是說跟我單獨待著會覺得尷尬?」

　　「不是。」我連忙搖頭。

　　「有些東西還沒收好,正好去收一下,而且夏誠說有東西要留給你。」

　　「留給我?」

　　「走一點路很快就到了。」她說。

　　我們沿街走了大概只有二十分鐘,就走到了夏誠家所在的社區。她跟門衛說了些什麼,我們便徑直地走了進去。走進他家,才發現這屋子幾乎沒有什麼變化,除了桌子比之前空曠了一些。安家寧走進衛生間,從裡面拿出來一個小箱子,把自己的兩雙鞋和牙刷放了進去,又走進夏誠原來的臥室,拿出幾件衣服認認真真地疊好放進行李箱。我瞥見冰箱旁那幾盆綠植還

在，酒櫃裡也依然有幾瓶名貴的酒。

安家寧把箱子合上抬起，又從冰箱裡給我拿來兩瓶啤酒。在她打開冰箱的時候，我看到冰箱裡的東西依然是滿滿當當。

倘若不是知道這屋子的主人要走很久，我還以為這兒還會住著人。

「不像是要搬走的人啊。」我感嘆道。

「是吧？」安家寧把啤酒遞給我，說，「他這人就是這樣，說這些他用不上也帶不走，就把這些都丟在了這裡。說是給下個租戶算了。」

「倒是他的風格。」我笑道。

「其他的倒是都可以算了，但這幾盆綠植我想帶走，畢竟算是我養的，更何況等到下個住戶住進來，它們都得枯死了。」

「到時候我來幫你搬。」

「謝謝。」她說，「不過這點小事我能自己搞定的。」

她起身走到窗邊，把窗戶向內拉上，又回到客廳旁。我也跟著坐到了沙發上，看著眼前的擺設，真是奇妙，儘管我常覺得夏誠家沒有所謂的生活氣息，但他到底還是留下了痕跡，只是他這個人已經在另一個國度了。他奔向自己的新生活，把這一切都留了下來。

安家寧又站了起來，走到電視機旁，從電視櫃裡掏出一個藍牙音響遞給了我。

「這個是他留給你的，還有那個足球桌。」她指著電視旁的足球桌說，「他說這兩個東西你一定用得上。」

我一時不知道應不應該收下這兩個東西，安家寧就把音響放到了桌子上，對我說：「夏誠說讓你一定要收，他料到你不會收，其實他一直對你青眼有加。」

「但我始終沒有搞明白為什麼。」我說。

「他跟我說過一次，說在你身上察覺到了另外一種力量。」

「『力量』這個詞可是跟我完全不搭邊。」

「是嗎？」安家寧說，「或許你身上真的有那種力量呢，只是你自己不知道而已。其實我也有類似的感覺，你跟他身邊的其他朋友都不太一樣。或許那場過早出現的大雨，真的給了你別樣的力量。」

可現在夏誠已經不在這裡，我也沒有辦法得知他的具體想法了。

「其實夏誠也沒有那麼糟糕。」安家寧說。

「這我知道，從各種意義上來說，他都不是我這樣的人可以比的。」我說。

「只是他所看到的東西跟我們不一樣而已。」她說。我的內心又閃過一絲難過，即使安家寧被夏誠拋在身後，她還是在為他說話。

她緩緩地坐下，看著我說道：「我不是在為他辯護，只不

過我更瞭解他一些,所以只是說出一個客觀事實而已。」

「不是每個人都像你這麼坦蕩的。」我說。

「不是坦蕩,是責任。事實擺在眼前,我有責任把事實說清楚。只不過他為了自己想去的地方,必須要捨棄掉另外一些東西,這是他的命運,也是我的。我能做的,只是接受這些而已。」安家寧露出了淡淡的笑容。

「我不清楚這些,他天生活在另一個維度了,我無法去評價。」我說,「或許能評價他的人只有你而已。」

「也許吧。」安家寧稍稍停頓,調整了一下自己的坐姿,對我說道,「所以當你們覺得他只剩下冷漠無情的時候,我卻覺得其實他沒有那麼糟,他也曾溫柔地說愛我。而且這麼想著,自己也能夠得到救贖,也就不會那麼難過。我實實在在跟他度過了將近十年的時光,這並不會因為他的離開而被抹去。你覺得呢?」

我想到了自己,便說:「我沒有你那麼堅強啊。」這句話是我的心裡話。

「你只是沒有一個緩衝帶,」安家寧說,「緩衝帶,就是紅綠燈前的那個,有了這個就能夠及時煞車了。而我有一個屬於我的告別過程,這半年的時間足夠了。」

「真的放下了嗎?」我依然充滿了懷疑。

「我會的。」安家寧這麼說,卻沒有說我已經放下了之類

的話。

「可以抽菸嗎？」我問。

「當然可以。」

我走到了廚房點起了一根菸，這期間安家寧就安靜地坐在沙發上，什麼話都沒再說。我聽到了窗外車來車往的聲音，還有隨之而來的亮光一閃而過。一旦安靜下來，這屋子便顯得空曠開來，空氣裡稍微有一些悲傷的感覺，像是溪水緩緩從山澗流淌。

為了緩解這悲傷，還有摻雜在其中的尷尬，我打開自己的手機連上了那個藍牙音響，放起了那首 The Sound of Silence。這首歌放完之後，安家寧問我這首歌叫什麼，我便把歌名相告。

「這歌名真有趣。」她說，「The sound of silence，寂靜的聲音？是這麼翻譯吧。」

「寂靜之聲。」我說道。

「寂靜之聲，這翻譯很傳神，不覺得很像你說的那場大雨？別人看起來是安靜的，但在自己的世界裡別有一番景象。」

「嗯，是這樣，所以我也很喜歡這首歌。」

「不過從另一個角度來說，哪怕是寂靜，也有屬於它自己的聲音。」她說。

不可思議！安家寧竟然可以從這首歌裡得出這樣的體會。哪怕是寂靜，也有屬於它自己的聲音，直到此時，我才終於明

白安家寧跟我說這些的原因。或許正是因為她也在遭受著痛苦，這讓我覺得她的話有一種不可言說的說服力。如果換一個角度看待身邊所發生的事件，或許會得來完全不同的結論。我想這就是她要跟我說的話。

　　我們靜靜地聆聽這首歌，透過高品質的音響，這首歌給了我一種不同的感覺，當然，我知道這不是因為音響的緣故。此時此刻，我第一次跟這首歌有了真正的共鳴，那是我在旅途中未曾感受到的。又想起了在漠河的五天四夜，或許在那個時空裡，有些東西悄無聲息地改變了也說不定。我想起了那天的日出，又想起了當時的感受，董小滿的臉龐出現在我的腦海裡，她的笑容是那麼的美麗，像是囊括了這世間所有的星辰。

　　「你有沒有想過董小滿？」安家寧問。

　　我無聲地點頭。

　　「好了，現在要跟你說最後一件事了。」安家寧說，「我在短信裡跟你說要說一些關於她的事。」

　　「嗯，記得。」我說。

　　「希望你可以每一句話都聽進去。」安家寧第一次擺出了十分嚴肅的神情，轉而又含著笑容說：「我看得出來你喜歡她。當一個人最難過的時候，想要去訴說的那個人，就是他喜歡的人。那天我在她家，她突然接到了你的電話，一直問你怎麼了，後來跟你打完電話回來後她雙眼含著眼淚。我沒有問到底發生

了什麼，但我想那天你大概很需要她吧。怎麼樣，我猜得對嗎？或許你自己都沒有發覺，你看她的眼神跟看別人比起來，是完全不一樣的。」

我聽她說完這句話，竟然忘記了回應她，但我想現在的模樣應該出賣了自己內心的想法。

「她在遇到你之前，正在經歷人生中最糟糕的事情。」安家寧開口說道，直盯盯地看著我的臉龐，「兩年前她的父親生了一場大病，病後就神智不清了，有時候還能認得小滿是誰，但大多時候都不認得她。後來她只能把父親送回老家，這個冬天，她一直北京四川來回兩地奔波，所以沒能去見你。」

我舉著酒杯的手停留在了原地，瞪大了雙眼，一句話都說不出來，我突然想到那天我給她打電話的時候，滿心以為只有自己遭遇了這麼糟糕的事。「要帶著愛活下去。」憑什麼我認為這只是她在安慰我才想到的話呢？

我半晌才能從嘴裡拼湊出一句完整的話：「可……她從來沒有跟我說過。」

「她不想讓你知道，」安家寧說，「事實上她也沒讓別人知道，知道這件事的人只有我。這姑娘比我堅強，比我們都堅強，她是我見過最堅強的人。我也是偶然得知的，那是去年夏誠生日的前幾天，她其實不喜歡這樣的場合，那天是我拉著她，她才來的。本來她是準備待一會兒就走的，但是遇到了你。」

我不敢呼吸,怕因為呼吸而錯過了安家寧要說的話。

「她非常喜歡你。」安家寧說。

我差點把酒杯裡的酒打翻在地,雙手止不住地顫抖,說出的話也支支吾吾:「真……真的嗎?」

「千真萬確,我看在眼裡,而且你真的感覺不出來?」

我搖搖頭。

安家寧無奈地搖頭,用一種好氣又好笑的表情看著我:「難道你以為她真的是想看書才去書店?難道你以為她是真的沒事做才對你說那麼多?還有,你們不是一起去寵物店了嗎?那天她不是跟你說了她小時候的故事嗎?難道這還不明顯嗎?」

我說不出話來。

「你們男孩子真的不懂女生,是不是非要她走到你的面前說喜歡你,你才能感覺到呢?」

「可是……」我儘量不讓我的語氣聽起來像是狡辯,「可是後來我跟她聊天的時候,她都不怎麼回覆我了。」

「你真是,唉,我都不知道該怎麼說了,」安家寧嘆了口氣,「你為什麼都不問問她發生了什麼呢?她那時一方面要顧著父親的病情,另一方面還得顧著我,可即便是這樣,她還是會回覆你的訊息,還是會因為你的事而難過。你要知道一個女生再怎麼主動,也需要男生有所回應的。」

「我不是這個意思……」我說。我只是不知道該如何面對

她，其實我比誰都想要見到她。

「可在女生看來就是這個意思啊，陳奕洋，你就不能再主動一點點嗎？」

不知道為何，我腦袋裡一閃而過那天在街角的咖啡廳偶遇董小滿的情景，又想起那天小滿溫柔地安慰我的情形。

「可是我沒有勇氣。」我說。

「就因為你遭遇過一段失敗的感情？」

「不只是這樣，」我認真地措辭，確保自己所說出的話是完完整整想要表達的意思，「我太普通，而她又太好了。我既沒有什麼了不起的夢想，又不夠夏誠那般強大，還沒有什麼值得說出口的才能，怎麼想都是一個平淡無奇的人，倘若人生是舞台的話，我就是在舞台下的那種人，不會有光照到我這邊的，所以……」

所以我退縮了，不知怎麼的，「退縮」兩個字說不出口。

「陳奕洋，你不應該這麼想，就算沒有光會打到你身上，又有什麼關係？這世上難道每個人都要站在舞台上嗎？而且就算你不這麼認為，但你身上有著屬於自己的光。這世上不可能有完全黯淡無光的人，董小滿之所以喜歡你，就是因為發現了你身上與眾不同的東西。」

「與眾不同？我？」

「沉默也有自己的聲音，這不是你最喜歡的歌嗎？」安家

寧笑著說，「為什麼你會覺得沉默是問題呢？說不定在小滿看來，她就是喜歡你的這些特質呢？就算你發出的光只不過像螢火蟲一般，又有什麼關係，我瞭解她，對於她來說，再絢爛奪目的燈光她也不喜歡，那些光都沒有溫度，她要的說不定就是像你這樣溫暖的光呢？你在她身邊時，她覺得安心就夠了，這才是這世上最重要的東西，比所有的物質都重要。我想這點你也應該能明白。」

我無聲地聽完安家寧所說的話，靜靜地沉思過往所發生的一切，可大腦卻像失去了運轉方式一般，不受我控制一般地運轉到了別處。

「你的室友一定也是這麼想的，否則他不會特意來跟你說上那麼多。如果他覺得你幫不上忙，或者覺得你一無是處，那為什麼他在最難受的時候要來找你說話呢？而且他最後不是還留給了你一張明信片嗎？那就是證據，證明你給了他力量的證據。」安家寧說，「你擁有掙脫往事束縛的力量，只是你暫時還沒看到這點。現在你所欠缺的，只是一點勇氣而已。」

「嗯。」我點頭。

安家寧端起了酒杯跟我碰杯，那認真的表情看起來像是準備說上有關這個話題的最後一段話。

「你、我，還有小滿，我們都遭遇了糟糕的事，可我們都還活著。我們從過去的種種事件裡生存了下來，並且還得以保

存了相對完整的自己。就這一點就足夠了,往後的生活自然不會一帆風順,但既然我們都還能在天亮時醒來,沒有理由不認真生活下去。千萬不要因為害怕而失去本應該擁有的東西。」

說到這裡她站起身來,把音響遞給我,說:「該說的我都說完了,其實我早就想跟你說這些了,小滿說過,她希望自己跟你說這些,但你一直都沒有回應她。她在等你,不管多久都會等下去。只是最近她一直都在家裡忙著處理自己的事,而我自己身上的事情也還沒有告一段落,所以直到今天才能告訴你。作為小滿最好的朋友,我能對你說的就是這些。如果你真的喜歡小滿,就把心裡的話都告訴她。」

我無聲地點頭。

「對了,假如過去的一切都沒有發生,我們就不會成為現在的自己,遇到現在能遇到的人,倖存者的使命,就是跟自己和解。」安家寧補充道,「我正努力地做到這一點,我想你也需要。最重要的是,小滿她告訴我,她相信你,相信你可以整理好自己的心情重新出發,我也相信你,相信你們,相信你們擁有幸福的力量。」

當她說出最後這句話的時候,我感覺到空氣裡分明有一種無聲的震動,恍惚間跟這個世界產生了共振,幾乎不能自已地站起身來。我突然想到了我曾經失去的所有東西,身體開始微

微顫抖。原來有一個人能發自內心地相信你，就足以讓你擁有能夠面對世界的力量。

我能夠與自己和解嗎？這個問題已經不再重要了。

「看來你明白了。」安家寧笑著說。

「謝謝你。」我跟她握手，那力度從手的另一邊傳來，我說，「你也會幸福的。」

「會的。」安家寧說。

「我該回去了。」我說。

「我知道。」

我站了起來，走到房間門口，突然想起了一件事，回過頭問她：「你呢？什麼時候回去？」

「你先走吧，」她調皮地笑了笑，這是我第一次看到她這樣的神情，「我準備一個人再待一會兒，我還有事要做，別忘記下次再來時把足球桌帶走。」

「嗯，記得。」我說完便跟她告別，開門走出，關上門時看到了安家寧還坐在沙發上，環視著周圍的一切。走在回去的路上，刮起了風，我戴著耳機聽著〈The Sound of Silence〉，又一次想起夢真。你現在在哪兒？如果可以的話，希望你過上自己想要的人生。我也準備好開始新的人生了，我想我不會遺忘你，但我從今天開始就要把你放在另外的位置了。從此以後我的心裡會有另外一個人，所以要把你放進回憶的抽屜裡。

或許我還會想起你，但那思緒已經跟以前截然不同了。

　　想到這裡，我在內心說了一句「謝謝你」。這句話是我一直應該跟你說的，可我卻從未在你面前說過這三個字，你曾經帶給我很多鼓勵和慰藉，對於這些我會一直心存感激，但我的人生得繼續下去了，那場落在海裡的雨已經停了，讓我停留在原地和黑夜裡的人，其實是我自己。那雙槳就在手上，是我一直沒有力氣揮動往前。

　　當我在內心說完「謝謝你」三個字之後，一切豁然開朗了起來，內心周圍的牆壁正在逐漸破碎，那深不見底的空洞竟然因為這句謝謝逐漸填補了起來。這是最適合寫給我和她這段故事結尾的註解，不是逃避，不是遺忘，我此前竟然一直都沒有意識到這點。

　　我回到了旅館，打開電腦，想最後看一次夢真發來的那封郵件，然後刪除。可不知為何怎麼也找不到那封郵件，好像那封郵件從未出現過一樣。

　　小藥箱就擺在電腦旁，那是奶奶為我準備的。我想起她準備藥箱的時候，曾經對我說「以後一定要好好照顧自己」，她那慈祥而又溫柔的眼神再次讓我覺得我是多麼幸運擁有這麼一位親人。我留了下來，從某種意義上來說，我就是她留下的痕跡，絕對不能輕易地消失。絕對不能。

　　我把藥箱放回旅行箱，看到了小滿送我的那個書簽。我把

書籤夾進書裡，和姜睿給我的那張明信片放到一起。這一次我的視線聚焦在了「謝謝」兩個字上，我想我也留下了屬於自己的痕跡，而不是什麼都沒有留下。我總有種感覺，和姜睿一定還會因為某種理由再見的。

我把書合上，想起了小滿對我說的那些話：「幸福不是別人給的，幸福是源於自身的東西。」

「這世上不存在無緣無故的相遇，也就不會有全然錯誤的錯過。」

「要帶著愛活下去。」

我關上燈，讓自己沉浸在黑暗之中，這黑暗也不再面目可憎了。

明天醒來我有很重要的事要做，我想。

我要向那老闆要來那幾張日出的照片，我要把這日出送給她。我要給她打電話，我想要聽到她的聲音。我想要立刻見到她，把所有的心事都告訴她，無論她在哪裡。即使我都不知道自己的明天能住在哪裡，即使我不知道明天到底會發生什麼。

但我決心不能讓幸福從手頭溜走。

我倖存了下來，哪怕我現在渾身濕透，落魄不堪，精疲力竭，也要到對岸去。哪怕最終沒有留下任何痕跡，也要告訴自己戰鬥過。即使敵不過生老病死，也要抓住幸福的機會。

或許正是因為敵不過生老病死，才更要讓自己幸福，這是

每一個倖存者的使命。

　　想到這裡，睏意一陣陣地往上湧，那是許久未曾襲來的深沉而又柔軟的睡意。

　　我閉上眼睛，窗外傳來了陣陣風聲，到耳裡都變成了奇特的音符。The Sound of the Silence 的旋律兀自出現在我的腦海，我任由這旋律在耳邊飄蕩，沒過多久睡了過去。

　　我從沒有這麼期待新一天的到來。

後記

　　日曆翻到 2019，後知後覺的我才意識到三十歲已經近在眼前。

　　我自認不是一個反應遲鈍的人，可總是慢時間一拍。

　　我是一個幸運的人，因為找到了對抗時間的方式，那便是文字。

　　滄海桑田，千帆過盡，所有的一切都會變，唯獨印刷下來的文字得以保持原有的模樣。

　　我不知道這本書會以什麼途徑到你的手裡，也不知道讀到這裡的你是什麼心情。

　　但只要翻到了這裡，就證明我們在這個大千世界裡有著小小緣分，這在我看來是一件無比奇妙的事。想像一下，我們可能相隔萬里，所在的時空都有所差別，卻一樣都讀到了這裡。

　　讀書，一是讀故事，二是讀自己。

　　如果你能在這本小說中讀到自己，對我來說已經是莫大的榮幸。

人生如海，每個人都是一艘小船，各自航行。但有時哪怕只是遠遠地相望一眼，便已經足夠溫柔彼此。能遇到的同路人，哪怕只是陪伴一段時間，也都是賺到的。每個出現過的人，無論結局如何，我都心存感激。

　　想說的話都已經寫在了小說裡，因此這裡不再贅述。

　　最後要感謝一些人，沒有他們，就很難有這部小說。
　　感謝磨鐵編輯張微微和金漁，感謝為了這部小說的印刷和出版而辛苦工作的每個人。
　　感謝馬韻諾、任雨萱、唐誠，在我的創作路上的一路支持。
　　感謝陳黎渥、陳之洋、郭成傑、盧聞、童奕愷兄弟十年來的友誼。
　　在寫作期間，一直以來陪伴我的都是家裡可愛的貓咪，感謝這世上還有貓咪。

　　這部小說獻給每個遭遇困境的你。
　　祝我們早日奔向自己的春暖花開。

2019.07.01
盧思浩

書。寫 07

時 間 的
答 案

時間的答案 / 盧思浩著.-- 初版.-- 臺北市：春
天出版國際文化有限公司, 2025.01
　面；　公分.--(書.寫；7)
ISBN 978-957-741-827-2(平裝)

857.7　　　　113003200

版權所有・翻印必究
本書如有缺頁破損，敬請寄回更換，謝謝。
ISBN 978-957-741-827-2
Printed in Taiwan

本書台灣繁體版由四川一覽文化傳播廣告有限公司代理，
經中南博集天卷文化傳媒有限公司授權出版

作　　　者		盧思浩
總　編　輯		莊宜勳
主　　　編		鍾靈
封面設計		克里斯
排　　　版		三石設計
出　版　者		春天出版國際文化有限公司
地　　　址		台北市大安區忠孝東路四段303號4樓之1
電　　　話		02-7733-4070
傳　　　真		02-7733-4069
E　―　mail		story@bookspring.com.tw
網　　　址		http://www.bookspring.com.tw
部　落　格		http://blog.pixnet.net/bookspring
郵政帳號		19705738
戶　　　名		春天出版國際文化有限公司
出版日期		二○二五年一月初版
定　　　價		450元
總　經　銷		楨德圖書事業有限公司
地　　　址		新北市新店區中興路二段196號8樓
電　　　話		02-8919-3186
傳　　　真		02-8914-5524